唐樓奇緣

周淑屏 著

唐樓奇緣
作者／周淑屏
策劃編輯／賴百樂
協力編輯／卓希雪
美術設計／陳詩韻
插圖／孫威軍
出版發行／突破出版社
香港沙田亞公角山路 33 號突破青年村
電話：2632 0000　傳真：2632 0388
電郵：breakthrough@breakthrough.org.hk
網址：http://www.breakthrough.org.hk
http://www.btproduct.com
承印／陽光（彩美）印刷有限公司
2023 年 2 月初版 1 刷

The Story of Tenement Building
by Chow Suk-ping
First Printing, First Edition, February 2023

Printed in Hong Kong
ISBN 978-988-8562-79-4

誠邀閣下就突破出版社的書籍發表意見
歡迎加入突破書籍 Facebook page — http://www.facebook.com/btbooks.page
本書採用環保油墨印刷

成長文學

目錄

第一章　白花與白洋燭

芯宜住在太子通菜街 222 號的唐五樓，樓下是一間酒吧，旁邊是有電梯的洋樓天馬樓，對面是旺角警署。

她和姑母一起住，為什麼不和父母兄姊一起住呢？因為一向疼她的姑母有了失智症的徵狀，她不想父親把姑母送到老人院孤獨終老。

姑母無兒無女，從前芯宜的父母工作忙、要出差、要去飲宴、要享受二人世界……都會把孩子送到姑母家讓她照顧，姑母很疼芯宜的哥哥、姐姐和她。所以當爸爸幫姑母找老人院的資料時，芯宜說：

「要飲水思源！」

「你這是教訓爸爸嗎？」爸爸微慍，「我說是你不自量力，你照顧不了姑母時，別回來求救！」

「姑母還不至於照顧不了自己，只是記不起事情，忘東忘西而已！到她情況惡化時，才考慮送她去老人院吧！」芯宜據理力爭。

「現在去和遲一些去有什麼分別？」

「有！醫生説姑母由現在到情況惡化可能還有幾年，這幾年間，有着生活質素的分別、有着有沒有人愛的分別！」

「我不知道送去老人院跟愛不愛有什麼關係！」

爸爸是一個凡事講求理性、講求證據的人，有時會讓人覺得不近人情。

「沒有分別？那麼你再老一點，我們也把你送到老人院好嗎？」芯宜想這樣説，但還是把話吞了回去。

「且由她吧！阿妹的性格和習性，你做爸爸的還不知道嗎？艱難辛苦的事她挺得了多久？你不用擔心，她很快會改變主意回家的。」旁邊的媽媽一副「食花生」的心態。

「就是要讓你們另眼相看，認為對的事我會堅持的。」芯宜喃喃自語。

※　※　※

因為小時候也常往姑母家裏鑽，芯宜搬到姑母家之後，很快適應下來。唐樓五層樓梯跑上跑下，她早已當作是健身，姑母的家比家裏安靜多了，且沒有父母的嘮叨，唯一的缺點是姑母家有頗多書籍和舊物，姑母不讓她收拾，又不讓她碰。

好吧，凡事都有它的好與壞、優點與缺點的，習慣了、適應了就好。芯宜也有她樂觀的一面。

就這樣，芯宜搬進姑母家中度過了平靜的四個月，直至這一天……

芯宜為了避免姑母有一天連飲品的瓶瓶罐罐也藏起來，她不會買一大堆飲品放在冰箱中慢慢喝，總愛在想喝點什麼時才跑下樓去便利店買。

這天，大約晚上八時許，她又跑下樓買點喝的。

甫下樓，她便看到一個穿深灰色連帽T恤的年輕男子朝她的方向跑來，因為唐樓的鐵閘還是開着的，那男子竟跑了進去。

「喂，你跑進去做什麼？你好像不是住這裏啊！」她邊追上去邊嚷。

在她的窮追不捨之下，男子跑到唐樓的四樓半時，已停下來，氣喘如牛。

「救……救我……求你……讓我……躲一會……」男子還未喘定，斷斷續續地說。

她正要拒絕，沒料到這時姑母的家門開了，她探出頭來，向樓梯間嚷：「芯宜，洋燭只剩兩枝了，你順道去買一盒回來，不知道這麼晚還有沒有得賣……」

正說着時，姑母看見芯宜和男子在梯間，便說：「咦，你有朋友來找你，那先進來坐吧！」

男子聽到，竟馬上衝進姑母家裏，芯宜想擋也擋不住。

「姑母，他……他是『白撞』的！」芯宜連忙說。

「你很面善，我以前一定見過，應是親戚吧？讓我想想，年紀大記性愈來愈差……」姑母對那男子說，還拉着男子的手讓他坐下來。

「姑母，他……他是『白撞』的！也許是賊！」芯宜情急之下嚷起來。

「怎會！我認得他！一定是我們的親戚，你別欺負我記性不好便作弄我！還不去倒茶！」

姑母頑固起來實在令人無計可施，芯宜唯有希望他不是大賊、殺人犯。她一面假裝順從姑母，一面想怎樣防衞和求救。

「你別以為我們會好欺負！你要盡快離開！」芯宜對男子說。

男子惘然地站着，散渙的目光漸漸移向身旁的餐桌，上面有一隻陀錶，他怔怔的看着，然後不由自主地伸出手去拿陀錶。

這時，一隻皺皺巴巴的手從側面伸出來，抓住他的手，令他大吃一驚。

「為什麼要拿我的陀錶？這陀錶有多重要你知道嗎？是不容有失的！」皺皺巴巴的手的主人當然是姑母，她微慍地叫。

「我……不是想偷錶，……只是……我家也有一隻一模一樣的！」他被逮住，一時不懂反應，說得結結巴巴。

姑母沒放開手，看着他的樣子怔怔地說：「怎麼你的樣子有點像漢誠？漢誠撇下我已多久了？我知道他一定會回來的！但怎麼會是變回年青時的樣子回來哩！」

她說時激動的緊握他的手，淚盈於睫。

「我……我不是！我不是！」他被老人突如其來的舉動嚇着了，想掙開她的手。

這時，芯宜也聞聲跑了過來，拉開姑母，說：「他不是姑丈，你看他比姑丈年青多了！」

芯宜出生時，姑丈已五十多歲，他離世時已年近七十歲，無論如何，眼前這人一定年青多了。

「但是……我初遇漢誠時，他就是這樣子的，對了，我們結婚已二十多年，他當然不可能這麼年青……」姑母恍似如夢初醒，想放開抓着他的手，卻突然想起了什麼，把他抓得更緊了。

「對了，漢誠說他有一個侄子，長得跟他很像，時常說他要從美國回香港探望我們，名字叫……叫匡……匡時，是匡時，你一定就是匡時！」

「我不是，我不……」他仍想甩開她的手。

「算了吧，反正你勾起了姑母的回憶，不讓她好好抒發一下，她一定會哭鬧好一陣子的，你就當作報答我們收留你、救了你，聽她說說故事吧！」芯宜輕聲對他說。

他想了想，便放棄了掙扎，說：「對，我……我是匡……匡……」

「你是匡時，我的記性還沒有這麼差，漢誠只提過你的名字兩次，我就記牢了！來，來這邊，看看你大伯。」

姑母把男子帶到一張花梨木書桌前，上面有一張放大了的頭像，那是一個約莫五十歲，溫文儒雅的中年男人。書桌上放了白花及白洋燭，但奇怪的是，桌上沒有其他祭品，卻放了滿桌的書。

此際，她說：「原來你就是專誠來拜祭大伯的！」

他聽了這話，看出書桌後的窗外，這扇窗可遠眺太子地鐵站。

「也好吧！」他緩緩插好了白花，點燃了白洋燭，閉上雙目深深致意。

「你就坐下來，聽聽姑母說她和姑丈的故事吧！每次跟人說完他們的故事，那個晚上她也睡得特別安穩。我給你們倒杯茶。」芯宜對他說。

姑母和他在花梨木書桌前坐了下來。

※　※　※

芯宜的姑母杜張蘭嶼女士由年青時代開始，已十分喜歡閱讀文學作品，當時在香港以至東南亞享負盛名、才華洋溢的作家杜漢誠的作品，更是她的至愛。

作家杜漢誠是在短篇及長篇小說、散文、詩歌創作上均卓有成就的創作多面手，當時的她在拜讀他的作品之餘，還希望可以和他互通書信，在文學創作上向他請教。沒想到書信寄出不久，竟就收到了這位大作家的回信，這位作家沒有一點架子，還在字裏行間表現出謙謙君子的雅度。

在多次的書信往返之後，他倆成了在創作以至生活瑣事上也無所不談的筆友，感情不知不覺地在文字中滋長。在通信多年之後，剛大學畢業的她，不理父母的反對，下嫁比自己年長十多年的他。

因文字結緣的二人，為文字相知、相惜、相愛，婚後如魚得水，鶼鰈情深，羨煞旁人。直至丈夫於多年前因心臟病辭世，二人相敬相惜二十多年，共度了多於四分一世紀的流金歲月。

她在紀念亡夫的文字中，這樣刻劃二人的摯情：「都說求婚戒指的價值代表求婚者的誠意，而瀟脱的你，連結婚戒指也沒買，瀟脱的我也毫不介懷，只是在婚禮中，為你拿不出戒指的尷尬窘態，不安了一陣子。與你結婚二十七年，一同生活二十七年，從未因指上沒有結婚指環而覺得有憾。我想，無論多名貴的指環，都有一個價值，而你給我的——帶引我漫遊文學世界，教我閱讀前賢著作，更是我隨時恭候、即問即答的中英文老師；還有你對我的關愛、包容……這些豈能用價值來衡量呢？」

某一天平靜的黃昏，她回家後發現丈夫端坐於木椅上閉目而逝，令她因為沒有親自相送他走這一程而感到遺憾、懊悔。她一直感到在丈夫走後該為他做點事，她想到他付上畢生心血的作品，這些優秀的作品應該得到好好保存，留傳於後世供讀者欣賞，不該讓他的作品散失、隱沒。

於是，她找丈夫的摯友關博士商量，關博士為紀念亡友，重出亡友的作品而成立了一間出版社，而她亦加入出版社成為編輯，為重出亡夫的作品盡心盡力。

回想手中捧着出版社第一本重出亡夫的著作，她說那一刻的激動心情是難以形容的，她為此哭過好幾回。買了丈夫最喜歡的毋忘我，拿着書回到家中，她立即把書和花放到亡夫的書桌上、他的相片前，對他低語：「書印好了，你認為書製作得好嗎？合你心意嗎？」

至今，丈夫已離世多年，而她於這些年間，已為亡夫重新出版了二十多本書，包括五本長篇小說、五本短篇小說、五本詩集、兩本散文集和其他作品。

在為丈夫的遺作做編輯、校對工作時，她再一次仔細閱讀丈夫的著作，也再一次為作品中的深情、文字的優美所觸動，這些工作常是在邊看邊哭中進行的。作品出版之後，得到其他作家及讀者的欣賞、認同，更是她生活上的快樂之源。在香港書展中，一位男士一口氣抱走丈夫的十多本作品；一個十二、三歲的少年買了丈夫的詩作，不久後又跑回來再買另一本……這種種情景也成了她回家在丈夫相片前分享心事的內容。

多年前，她的一位朋友籌辦的慈善團體在內地興建四間學校，她用丈夫的名義資助了其中一間的興建，還以丈夫的名字作校名。學校建好之後，她去參觀，還帶了丈夫的一些著作去送給學校的師生，老師和學生看了她帶來的書，都十分愛讀。

※　※　※

故事說完，姑母捧着丈夫的著作，陷入深深的回憶之中。

芯宜感觸地說：「姑母和姑丈相愛、相惜、相敬四分一世紀，在丈夫離世後，還藉着為他出版遺作、興建學校作紀念。真愛可以超越時空與一切攔阻，因着我們的堅持，可以永不止息！」

「有些事情，我們永遠不能忘記。」他說。

「忘記了倒好。姑母的記憶時好時壞，當記起姑丈已經離世時，她就整天以淚洗面，當忘記了他已離世時，就喜孜孜地煮了一桌子的菜等姑丈回來，但每次都只是等到失望。」芯宜說。

「我也該走了。」他站了起來，姑母拿了陀錶，珍而重之地遞給他，說：「這是你伯父常戴着的陀錶，你拿回去留念吧！」

「不，我不能收，你留着記念吧！」他極力推拒。

「我還有很多他的書可以記念他，你拿去吧！不拿去就是對我這老人家不敬了！」姑母堅持。

「你拿去吧！不要緊的，反正陀錶已很舊，機件都生鏽動不了。姑母堅持的事從不妥協，她很難纏的。」芯宜說。

「那……那我拿着暫時保管吧，感謝你們。」

他向芯宜再三致謝，然後離開了通菜街 222 號的唐五樓。

第二章　王的書房

芯宜以為和姑母誤認為匡時的男子的相遇事件已告一段落，誰知還有後續。

「這個黑色背囊是你新買的嗎？怎麼隨處亂放？」

翌日早上，姑母拿着一個黑色大背囊問她。

「不是呀，這個……難道是……是匡時遺下的？」芯宜猜測。

「匡時？誰是匡時？」昨晚的事，顯然姑母已不記得了。

「你讓他拿了陀錶去留念的那個……」這話芯宜一說出來馬上後悔了。

「陀錶？誰拿了我的陀錶？這陀錶是你姑丈留下來的，這麼重要我怎會隨便送給人？你別胡說，陀錶應還在……我放到哪兒了呢？」

在姑母到處找陀錶的時候，芯宜打開了背囊來看，裏面只有一個文件夾。文件夾內有分開一份又一份的資料，放在不同的膠夾中。資料是打印出來的，每份的格式一樣，那是一份表格，上面寫着「非一般才藝大賽」參賽表格，表格上有許多已填寫的個人資料。

「這個人是怎麼搞的？這麼重要的資料竟大意地遺下來！」芯宜暗罵。

怎麼辦呢？雖然這文件夾中有很多參賽者的資料，但他應該不是其中之一吧？如果致電去問參賽者是否認識這個人，那麼讓參賽者知道自己的個人資料被遺下了，也不太好吧！

芯宜再翻翻背囊的側袋，發現了一張名片，上面印着「王的書房」二手書店方家良。她想：這會不會就是他？該把背囊拿到那裏交還給他？可是，名片只有一張，會不會是他在書店拿的？如果那是一疊同樣的名片，那名片該是屬於本人的，但是只有一張的話⋯⋯

她看看書店的地址，就在附近的荔枝角道，不如就在往出版社交畫稿前順道去看看，這二手書店說不定有她愛看的繪本吧！現在還不知道名片是否他本人，也犯不着拿着這大背囊去吧！

於是，她帶着畫稿到「王的書房」跑了一趟。

二手書店「王的書房」是愛書人的尋寶地，位於荔枝角道的地鋪，據網上資料說，之前這裏是茶餐廳。店裏的面積有千多呎，書籍擺放不算整齊，但看得出也曾經用心分類。坐在收銀櫃位的是一個大約四十歲、束了一條長馬尾、戴着如黑白相片中溥儀戴的懷舊金屬框眼鏡的男子。

芯宜在書店裏繞了一圈，在舊書堆中翻出了好幾本繪本來看。看了二、三十分鐘，仍在猶疑該怎樣開口問店主。

坐鎮的店主不是遺下背囊的那個男子，他也許是這裏的熟客，但她不知道他的名字，該怎樣向店主打聽呢？他的模樣也不算特別，深灰色連帽T恤、黑色牛仔褲、黑色背囊、戴黑色膠框眼鏡……時下很多年輕人也是這樣打扮的。她為此煩惱，而他也並沒有像電影慣用情節般在此刻推門進來……

那只好作罷了，她拿着幾本繪本去收銀櫃枱付款，想不到被店主搭訕。

「小姐你是畫插畫的吧？」

「你怎麼知道的？」芯宜驚訝得瞪大了眼睛。

「插畫師十之八九也拿這種手提袋裝畫稿的，我開這店見得多了。看你翻的、買的也是繪本，而且這幾本也是頗冷門的插畫家作品，這麼『識貨』的，該都是行內人。」

「老闆你真會觀人於微！」

「現在是要去出版社交插畫稿吧？」

「是的。」她不得不承認。

「是這樣的，我要替朋友的才藝比賽作宣傳，想找插畫家為參賽者畫一些漫畫放到網上宣傳，所以想問問你或者你的同行會否有興趣。」他說。

「才藝比賽？是什麼才藝比賽？」芯宜驚問。然後，兩人同時喊出來：「『非一般才藝大賽』！」

「你怎麼知道的？」老闆問。

「我終於找到了！」她答非所問。

「找到什麼？」

「找到失物的主人！」

「我？我遺失了什麼？」

「不一定是你，是和這比賽有關係的人。深灰色連帽T恤、黑色牛仔褲、黑色背囊、戴黑色膠框眼鏡……」她仔細形容。

「哦，是偉南，他幾乎一星期七天也作這樣的打扮。他遺失了什麼？是跟比賽有關的？」他大為緊張。

「是……是……」她不敢直說，遺下了這麼重要的個人資料，會令他備受責備，甚至會因而丟掉工作或什麼的。

「難道是我昨天給他的參賽者表格？我叫他拿回家整理一下的。」

芯宜只好點頭。

「這小子怎麼搞的，自從被捕、被告之後就變成這樣，終日心神恍惚，丟三落四的……」老闆喃喃自語。

「被捕？被告？」她有點驚訝。

「噢，沒什麼的，當我沒說。」他的眼神有點警惕及戒備，「是了，他是在什麼地方遺下的？是在巴士？茶餐廳？公廁？公廁該不會吧？你又不會進男廁……」

「是……是……」她煩惱該怎樣解釋。

「你把他遺下的東西帶來了吧？放在這裏就好，我今晚會還給他，順便教訓他一頓。」

「我沒帶來，只是不知道怎樣找到他，而他的背囊裏有這裏的名片，所以來看看。」

「哦，那我着他去拿，是放在巴士車站站頭？茶餐廳？你真熱心，還專誠來找他告訴他……」

「不，那背囊現在在我家……」

「在你家？你把拾到的背囊拿回家去？你是拿回去看裏面有沒有值錢的東西？發現了裏面有重要的個人資料而想勒……想得到點賞錢？不會呀！插畫家通常都講理想講骨氣，但又不能說每個也一樣，不過這市道插畫家生活艱難，也許都急需用錢的……」他又慣性的在喃喃自語。

「不是這樣的，是他把背囊遺留在我家裏。」為免他胡亂猜想、糾纏下去，芯宜只好說真話。

「遺留在你家？難道你是他的女朋友不成？這小子竟沒告訴我！有女朋友也是好的，這陣子他的心情那麼差，有人陪伴、安慰是好的！可是……他萬一要坐牢怎麼辦？判個三、五年，豈不是累了人家蹉跎歲月？這……這……不對呀！你連他的名字也不知道，又沒有他的聯絡方法……這難道是一夜……難道他昨晚離開了這裏就循荔枝角道走到太子的酒吧街喝酒？然後，然後胡裏胡塗就到了你家……一定是這樣……」

「你別再亂猜亂編故事了，你是做編劇的嗎？」她想阻止他再胡思亂想。

「怎麼？這小子連我以前做編劇也告訴了你？他怎麼搞的？在那醉醺醺、意亂情迷的時間，竟會說起舅父從前當過編劇的事情！」

「你是他的舅父？」她放下了一點戒心，「那我將昨晚的事情告訴你吧！」

於是，她將昨晚發生的事情一五一十的告訴他。

「那麼，你可是他的救命恩人啊！這小子真是死性不改，在這種敏感時刻還在那種地方出現，萬一被發現違反了保釋條件怎麼辦？」

「保釋條件？」

「唉，你救過他，該是有心人，我也不妨告訴你。他呀，以前是大學學生會幹事，又是個熱血青年……」

「他犯了什麼事？」

「其實也沒犯什麼嚴重的事，只是在臉書上展示和分享過一些帖文，他原本是個大好青年……你看看吧！這是數年前大學學生會刊物給他做的訪問。」

老闆從身旁的書堆找出一本雜誌遞給芯宜，她仔細的讀了起來。

訪問涂偉南的前幾天，赫然看到他備受情緒病困擾，要暫時從前線撤下來，正擔心他會否接受訪問之際，旋踵又聽到他拒絕政府中人邀約的飯局及於報章聯署登廣告爭取公平公正的消息，到底他是退下了還是不退？這要留待訪問中讓他自己說明。

涂偉南自言一向處理壓力沒有問題，就如他在中學爭取校政公平公開一役中嶄露頭角之後，那一年他文憑試放榜，有十多間傳媒機構爭相追訪報道，彷彿賭注全押在這個站到前線的小子身上，看看他能否兼顧學業，又是否因成績差而被摘下光環。放榜當日，十多間傳媒追訪之餘，還有兩大傳媒現場直播，新聞還上了報章頭版。結果他考取佳績順利入讀中大，通識科得到五星星。年紀輕輕面對如此壓力，他坦然面對，還從容地說政治人物、公眾人物自然要面對大眾期望的壓力，只要放開胸懷、具有寬宏的胸襟去包容，便可處之泰然。

其後，他要兼顧學業、兼職、寫專欄、參與議事、遊行等活動，仍應付裕如，然而，當遇上幾種壓力同時爆發，他終於受不了而垮下來。當時，他接連有兩位年青好友猝逝，而他的感情亦出現問題，令他飽受困擾。此期間，他經常無故哭泣，晚晚失眠，集中力亦大大減弱。當他意識到自己的身心出現問題，便主動求醫，醫生診斷他有中度抑鬱，叮囑他退下戰線，好好療養。

他也聽取醫生意見，決定暫時減少前線工作，但對社會、政治命題的關注不減，而且很有信心在休息、治理之後，自己可以很快康復，重新上路。

涂偉南成長於屋邨，及後家庭環境改善，一家人遷往居屋居住，但他不忘一直以來耳聞目睹基層人士的苦苦掙扎、貧苦家庭怎樣努力也擺脫不了隔代、跨代貧窮的苦況，自中學時代起，已經以低廉收費為窮家孩子補習，期望為他們向上流動出一分力。

自讀中一開始，他加入環保機構，成為蒐集資料的義工，對香港的城市規劃有了深入的認識。之後，他加入大學學生會，成為中堅分子。

在加入學生會之前，他已深感社會上青少年的意見常被忽視，不明白青少年事務委員會中為何沒有學生代表，且有關教育問題不會有人諮詢學生的意見。

他分析這情況，也許由於是中國人長幼有序的觀念，令到十二至十八歲的青少年的聲音不被社會重視，其實他們亦應有渠道發表意見。有感於上一輩已經為香港貢獻了很多、爭取了很多，他認為青少年是時候要肩負起社會責任。

問他會否害怕做事稍有不慎便令自己光環失去嗎？他說：行事光明正大便無懼監督。正如之前有抹黑說他們花很多錢印製宣傳品，謠言不久便不攻自破。

雖然暫時需遵照醫生吩咐退下火線，涂偉南閒時更投入為貧窮孩子低收費或義務補習，現在有近二十個學生，更組織大學的同學加入，壯大力量，為貧窮孩子向上流動、以知識改變命運出一分力。

「他真是一個熱血青年啊！現在他面對的壓力一定更大！」看完訪問文章，芯宜感慨地說。

「以前的女朋友離他而去，工作也沒有了，前僱主連離職補償也沒給他。他找不到工作，終日就在我這二手書店『打躉』。幸好最近我一位移民海外的朋友找我辦這個比賽，我就讓他參與籌備和做跑腿，讓他有事可做，不用整天坐着擔心判決，也讓他有點收入。」老闆娓娓道來。

「這是怎樣的比賽？」芯宜好奇。

「一個老朋友賣掉了香港的幾個物業移民英國，她看到香港的報章報道，很擔心香港的年輕人，於是想辦一些勵志節目鼓勵他們。她喜歡看香港的『造星』節目，但又不想辦一些太類同的。她是教徒嘛，便想找一些經歷過挫折或困難，或者人生中有奇蹟、不平凡的事的人來參加才藝比賽，希望能起到激勵人心、振奮人心的作用，讓她這個離開了的人能回饋香港。錢她不是沒有，可是也沒野心辦一個太大型的活動，這當然不會找電視台合作啦！她想到我這個當過導演、編劇的朋友，就找我幫忙籌辦。反正我這陣子沒戲開，也是整天在這裏看店，便幫幫她啊！想不到只讓比賽的內容放到網絡上宣傳，稍稍發酵就有數十人報名，我揀選了十個較特別、較有趣的，就列印出來，讓偉南去找他們了解一下他們的背景，看看有什麼可以用來在比賽前作宣傳的。」

「原來是這樣，那很有意義呀！」芯宜由衷地說。

「你也可以幫忙呀！我在臉書上看到最近有一羣插畫家在網絡平台上，用漫畫玩接龍式的故事，在網上有很大迴響，達到很大的宣傳作用。我想找一位插畫師將這些參賽者的故事畫成漫畫，預先為比賽作宣傳，你有興趣嗎？」

「我……我要看看情況……」對於突如其來的邀約，芯宜有點不知如何回應。

「反正那個參賽者資料的文件夾在你那裏，你回去看看那些人的故事是否吸引，是否足以畫成漫畫吧！我叫偉南明天才到你家取回吧！」

芯宜看看時間，再不到出版社交稿，編輯就要下班了，唯有說了聲「好的」便匆匆離開。

第三章　貓和受傷的鐵閘

早上，芯宜帶姑母到了附近的老人中心。自從校對工作已力不從心，從出版社的編輯工作退下來後，姑母每天都會去位於旺角登打士街的老人中心，那裏有很多她的老朋友，她和他們聊天或下棋，還在那裏學書法、電腦。

送了姑母到老人中心之後，芯宜可以靜下心來畫畫，但是，今天她選擇清潔家居。平時姑母也會負責這些工作，但這幾天她的腰患復發，芯宜就請纓代勞。

她換上一件有點破舊的小背心和短褲，便開始掃地、抹地，赤着腳通屋跑。沒料到在這時候，門鈴響了起來。

這大清早誰會來？自己穿成這樣去開門，實在有點尷尬。她想到現在是月頭，該是為這幢唐樓清潔垃圾、洗樓梯的阿姨來收清潔費的時間，開門給了她錢就了事。於是，拿了錢包，赤着腳就登登登的跑去開門。

「是三百塊吧？」她拉開門嚷，站在門外的人卻讓她吃了一驚。

深灰色連帽T恤、黑色牛仔褲，是來找他的黑色背囊的。

「舅父告訴我把背囊遺在這裏了，不好意思……」

該讓他進來嗎？但是自己穿成這樣……

她正猶疑之間，他看到窗邊書桌上的黑色背囊，就說：「我自己去拿好了，拿了就走。」

他説着跑了進去，她要阻止也來不及了。那地板實在又濕又滑，他真的滑倒了，幾乎是四腳朝天。

她連忙上前扶起他，讓他坐在椅子上，且幫他把掉在地上的手提袋放到桌上。

「沒有大礙吧？不好意思，我正在抹地……地上很滑……」她説。

「沒什麼，只是我自己不小心吧！」他用手拭去褲管上的水。

「我拿毛巾給你。」她說着跑開了。

然而，這時門鈴又響了起來，她只好又跑去開門。

開門，是清潔垃圾的阿姨。

「我去拿錢給你。」

「一會再付吧！我趕着去隔鄰大廈清潔。這隻貓是你的吧？我清潔樓梯時，牠老是跟着我！」

阿姨說完，沒理會她的反應就跑下樓梯走了。

芯宜看到瑟縮在樓梯轉角處，有一隻大黃貓。

「喵喵……」

大黃貓倏地站起，作勢要衝進芯宜的家。

「你不能進去啊！家裏滿是書，你抓破了姑母的書怎麼辦！」芯宜連忙大嚷，按住牠，可是貓的力氣不小，極力閃開，她制伏不了牠。

屋裏的涂偉南聞聲跑出來看發生了什麼事，芯宜揚聲求救：「快按着牠，不要讓牠跑進去！」

偉南立即按着大黃貓，可是牠極力掙扎，想要衝進屋裏。「你快進去馬上把鐵閘關上吧！」他嚷。

芯宜一聽到「把鐵閘關上」，就極速把鐵閘關上了！

鐵閘一關上，糟了！她即時想起自己身上沒有鐵閘的鑰匙，再看看偉南，他的手提袋也在裏面，他倆都沒有鑰匙，錢包、電話都在屋裏。

悲劇開始了！

他問：「你有膠文件夾或者膠卡這類東西嗎？可以從鎖邊『攝』入去開門！」

「沒有。」她說時，還留意到此刻自己只穿着髆背心、短褲，而且赤着腳。

「之前曾見過鄰居把鐵衣架的鐵線拉直，再把尾部繞成一個小圈，從鐵閘空隙伸進去，勾住門鎖的柄……」她仔細憶述。

「那麼你有鐵衣架嗎？」他問。

「我到天台看看有沒有人在晾衣服！」她說完便跑了上天台。

不巧這時天台沒人在晾衣服，她到處找有什麼工具，在一個大花盆裏找到一個小鏟子。

她拿了小鏟子下去，他取過小鏟子，「攝」進鐵閘門隙中想把閘撬開，可是嘗試了很久也不成功。

「這種老舊鐵閘不是很牢固，鎖也舊了及生鐵鏽，我大力拉應該可以把它拉開！」說着，他用盡全力拉鐵閘的門把，但閘門還是紋風不動。

他沒放棄，一次又一次用盡全身的力氣去拉。

芯宜看見鐵閘被他用暴力拉得有點變形了，只好說：「我還是去找鎖匠吧！」

「不，不要花那些冤枉錢，我再用點力一定可以拉開的！」偉南說着，一下一下的用盡力拉，把鐵閘拉得發出蓬蓬巨響，聽得芯宜心也亂了。

「不會沒辦法的！不會解決不了的！我不會只遇上惡運！我不會被困住的！我不相信

沒有天理！」他愈拉愈大力，愈叫愈大聲，眼看是有點歇斯底里了。

然後，他還瘋了似的用力踢鐵閘，彷彿那鐵閘是他的仇人，彷彿他被困了在裏面，要破閘而出！

芯宜有點害怕，最後還是上前制止他，嚷道：「你再這樣下去，鐵閘和鎖都要壞了！找鎖匠開鎖只花五百至七百元，要換鎖、修理鐵閘可要幾千元哩！」

偉南聽了，停了下來，沮喪地看着鐵閘發呆。

芯宜赤着腳跑下樓梯，想找鄰居借電話打給鎖匠，邊跑邊又聽到踢鐵閘而發出的巨響。

她按了四樓三戶人家的門鈴也沒有人應門，該都上班去了，她只好再跑到三樓。

這時，她聽到三樓有開門聲，就跑前去求助，看到作 OL 打扮的鄰居剛開了鐵閘，正在開木門。

芯宜告訴她不小心關上鐵閘開不了，她聽了胸有成竹地說：「我也試過呀！找的開鎖師傅來了，他這樣把閘關上，推進去再大力拉，輕而易舉就開了。」

她邊說邊示範給芯宜看，關上閘，推進去再大力拉，然而，再開不到，出盡九牛二虎之力，推推拉拉也開不到！

於是，她的鐵閘開不到了，而她的鑰匙插在木門上！又多了一個被關在鐵閘外面的人。她告訴芯宜自己一個人住，沒有另一人有鑰匙，而且她只是回家拿東西，還要趕回去上班！

兩人只好無奈打電話給鎖匠。終於開鎖師傅來了，鄰居嫌師傅開價太貴，想打發他走，芯宜慌張大叫：「由我來付吧！」

終於，開鎖師傅花五秒用一張膠卡開了三樓鄰居的鐵閘，她便急忙上班去。

芯宜和鎖匠上到五樓，見到累倒在地的偉南。因為鐵閘已被他「虐待」到不似閘形，鎖匠用了五百個五秒都開不到，他說：「要把鎖爆開，收費八百；爆開後換新鎖和修復已變形的鐵閘，收費三千，合共三千八！」

沒辦法了，只好請他先把鎖爆開，於是鎖匠用工具暴力爆鎖。

此際，故事又有了轉折！

這時，貓主人出現尋貓，聽完芯宜說的慘事，她說自己也有責任，堅持要拿一千元來補償給她。

最後鐵閘被爆開，先付八百元，芯宜總算抒了口氣。

「要修理鐵閘和換鎖要再付三千元！」鎖匠說。

「不，不用，我自己來修，自己換鎖好了！」偉南說，然後轉身問芯宜：「你家裏有錘子、螺絲批等工具吧？」

芯宜點頭，鎖匠只好走了，偉南跑了到對面街的五金店買鐵閘鎖。

拿到工具後，偉南對自己的技術很有信心似的，負傷用錘子敲敲錘錘了好一陣，終於修復了鐵閘，又把買來的鎖換了上去。

事情告一段落，貓主人專誠拿了一千元來給芯宜作補償，除去鎖匠爆鎖的收費八百元，還剩二百元。「罪魁禍貓」躲在樓梯，知道自己闖了禍，把頭埋在樓梯角不敢見人！

總算可以在姑母從老人中心回來前把鐵閘弄好，不至於嚇着她。只是鐵閘因此「遍體鱗傷」，眼前的偉南，連帽上衣的衣袖破了，兩隻手掌的皮也磨破了在滲血。

芯宜拿出消毒藥水和紗布為他的手包紮，他只說了一句對不起，就頹然坐在椅上，一言不發。

剛才用暴力拉門、踢門，現在頹然坐着一言不發，他是患上了所謂躁鬱症嗎？芯宜有點擔心。

最後，他拿了背囊走了，她也離家去接姑母。晚上，她再去了一趟「王的書房」。

※　※　※

她把今天發生的事告訴了老闆，也把自己擔心的事告訴了他。

「他之前的憂鬱症已經好了的，不會又復發吧？難道要帶他去看精神科醫生？」老闆眉頭緊蹙。

「不，我想暫時不用。我看過『非一般才藝大賽』的參賽者資料，其中有不少經歷過很大困難和考驗，去聽聽他們的經歷，說不定對他有幫助。」芯宜建議。

「真的會有用嗎？」老闆半信半疑。

「這不正就是你們舉辦這比賽的原意嗎？讓參賽者的經歷成為觀眾的安慰和激勵。如果他們的故事連他都幫不了，又怎樣打動觀眾？」她說得肯定。

「但是他不會去找那些參賽者的，他最近的表現很消極，做什麼也提不起勁似的，而且他說過現在還有可吃一個月杯麵充飢的錢，不用急着工作。」

「跟他說我的姑母看到鐵閘被虐待成這樣很不開心，我們要換新鐵閘，他要賠價八千元！」

「八千元？」老闆大吃一驚。

「叫他努力工作賠錢，我可真的會收的，我也缺錢！還有，你是真的需要找插畫師嗎？我對那些參賽者的故事有興趣，可以一起去見參賽者聽故事。畫一個漫畫故事你可以給多少稿酬？」

老闆拿起計算機，在上面按了一個數字，然後遞給芯宜看。芯宜點點頭說：「滿意，成交！」

「可是我還未看過你畫的漫畫，不知道會不會值得這個稿酬。」

「沒問題，我畫了第一個故事給你看，你看了滿意才付款。受訪參賽者的人選由我來選，也由我來約，你叫他只要準時出現便行。」

※　※　※

芯宜跟第一個參賽者卓航約了在荔枝角的「黑瘖中對話」見面。

「他是盲人？」偉南問。

「現在的人不會稱呼他們做盲人的。」芯宜說。

「那叫失明人士吧！」

「也不是，該稱呼視障人士，他們有些不是完全失明的，只是視力有不同程度的障礙。」

「好了好了，不要糾纏下去了……」

「聽債主多說兩句也不耐煩嗎？」

「你只是『閘主』吧！還清了換鐵閘的錢，我就不再受你們勞役的了。」

他們說着時，拿着視障手杖的卓航出來迎接他們，跟他們握了手，請他們進會議室坐下，然後，他這樣開始自我介紹：

「我是在這裏工作的，一會我們聊完，而你們還有時間的話，可以體驗一下二人『黑暗中對話』的活動，這是我們最近在推廣的。我參加這『非一般才藝大賽』的目的，是想讓大眾知道身體殘障的人也可以有很多發展及發揮的地方，視障的人心裏也有亮光。我想請觀眾來這裏參加黑暗中的音樂會，讓他們欣賞我自己作曲、作詞，用結他自彈自唱的演出。」

「可以先讓我們了解一下你的人生經歷嗎？」芯宜問。

「當然可以。」卓航說。

※　※　※

二〇一五年，卓航出版了第一本小說作品，同年他開始在報章寫專欄，成了專欄作家。今年九月，他更修讀基督教神學碩士課程，這一切的新發展，對於曾患嚴重青光眼、雙眼只剩一成視力、逐漸習慣運用失明人手杖的他來說，似乎自有天意安排，不是他可以憑個人的籌算得來的。

卓航從小就有很深的近視，小時候他玩玩具時，玩具掉到地上，因為視線不清而找了許久也找不到，他的母親因此開始關注他的視力問題。他讀小學時已有七百度近視，到中學時期他的近視變得更嚴重，中二那年更被證實患上青光眼。

直至升讀大學時，卓航本來對前途充滿希望，感到一片光明，然而因着眼疾愈來愈嚴重，令他的前路變得黯淡。升讀大學後不久，因為控制眼壓不好，他的視力變差至認不到人的地步。當時，他看書要用放大鏡，考試遇上要做選擇題，他會因為視力差而完全應付不來。視力問題對他影響最大的，還在人際關係上，他看不清同學的模樣，常認錯人，令他開始逃避和人接觸。上課時他故意遲到早退，為的是避免和人相處，但在內心深處，他其實很想周圍的人明白他的苦衷及苦處。

他一直接受不到自己會喪失大部分視力的事實，這情況到他大學畢業時變得更壞。大學畢業後，大部分同學都找到了工作，但他卻因視力問題而找不到，因此，他更看低自己，踏進了自怨、自憐的深淵。對於別人的關心、慰問，他會視為是「可憐」自己，因而感到反感，更拒人於千里之外，漸漸不自覺地把自己困在自卑的圍城之中。

幫助他走出圍城的，是一些過來人的經驗。在黑暗中他想起在大學時期曾做過視障人士服務的義工，這時他想到自己也許要加入成為他們的一分子，何不嘗試接觸他們，向他們取經？在接觸視障人士的過程中，他學習到他們的生活智慧——怎樣去接受自己的情況，怎樣令其他人接受自己。他們不會躲起來不接觸人，反而會對身邊的人說出自己的情況，讓其他人多了解自己。這樣做，對開放自己的胸懷和與人交往也會有好的影響。

得到了這些視障人士的「過來人」經驗分享，令卓航逐漸走出自卑、自憐的陰霾，之後，他更在視障人士的活動中，認識了許多「同途人」，令他的生活由黑暗變得繽紛。

二〇一五年，他參加了一班一起跳舞及從事創作的視障人士團體。因為一次演出，更讓他有機會參與劇本創作。在創作過程中，他體會到用文字與人分享的喜悅，他從沒想到，這偶然機會竟讓他踏上了文字創作之路。

因着對創作愈來愈有興趣，他和朋友組成了一個讓具有不同能力的人士參與藝術演出的組織，後來，也是這組織為他找到資助，讓他出版了第一本小說。

小說出版之後，他受到賞識獲邀在報章寫專欄，藉着文字與更多人分享自己的生活體驗。由坐困愁城到走出去藉文字與他人分享，身為虔誠基督徒的他，感到一切都有神的安排，並非他憑自己力量、自己親手做便可做得到的。

回首過去那段坐困愁城的日子，他認為愛與接納最重要。他感謝母親長時間容忍他的壞脾氣，接納他長時間沒有正職，還不嫌長途跋涉的陪他去覆診。他感到身邊每個人都對自己很好，更因着視障人士過來人的經歷，讓自己走出陰霾。他想到自己接受了這麼多人的關心、幫助，也該用自己的人生經驗幫助他人、與他人分享。

當卓航正在苦思怎樣才可以用自己的經歷去幫助其他人時，一位傳道人的話啟發了他。那位傳道人對卓航説他給予了其他人很大鼓舞，因為他遇到很大的困難，仍能樂觀面對，投入生活，他這種積極的態度正是身邊人的極大鼓舞。這令卓航想到有經歷、曾艱苦克服困難的「過來人」，才能為其他人提供實在的幫助，這種鼓勵才是最實在、最有效的。

他除了藉着出版著作、寫專欄與讀者分享生活體驗之外，還積極進修神學，希望藉着信仰幫助更多人。此外，他更常借給身邊人一雙懂得聆聽的耳朵，去幫助別人紓解厄困。他説現在只剩下一成視力，唯有多點訓練靈敏的聽覺。他可以憑着對方説話的語氣、用詞，去推敲對方心底在想什麼。他樂意聆聽，用心靈感受對方的困難、鬱悶，以過來人的心去和對方分享經歷、體驗，這樣，才能為他人提供最適切及貼心的幫助。

卓航説完自己的故事，他又為芯宜和偉南介紹「黑暗中對話」：

※　※　※

「我是最近才加入『黑暗中對話』成為其中一個員工的。『黑暗中對話』是香港一間以體驗失明生活為主題的場館，於二〇一〇年二月二十日啟用，也是目前亞洲受眾最多的場館。體驗館面積達七千平方呎，每日可供三百名參觀者入場體驗。在全黑暗的環境，單靠觸摸、説話和聽覺去溝通，用心去聆聽、接觸及感受失明人士的世界，讓健全人士去理解及親身體驗殘障人士的生活。

「體驗館提供一個多小時的旅程，由視障的導遊帶領參觀者，利用自己視覺以外的感官，包括聽覺、觸覺、嗅覺來完成如過馬路、找食物等體驗旅程，場景包括公園、商店及渡輪等，模擬失明人士所面對的處境。透過走過黑暗不確定的體驗，參觀者會發現平常不易察覺的內在慣性與內在潛能，因而得以移除自我設限，展開更大的生命可能性。

「好了，現在請兩位一起來體驗一下吧！」

第四章　守宮與守護生命

「兩位，請進。你們的眼睛要適應一下了，這是一個全然漆黑的空間，這將會是一個嶄新的六十分鐘旅程，由視障的導遊帶領參觀者，而現在，這個導遊就是我。」

卓航邊說邊引領偉南和芯宜進入一個全黑的空間，裏面伸手不見五指，沒有一絲光源，完全看不到前路，偉南感到自己快要窒息了，他想大叫，想拔足奔逃，但他完全看不到方向，該向哪裏奔逃呢？他只好呆立在那裏，不知所措。

「在這裏，你們不能再使用你們慣用的視覺，要利用自己視覺以外的感官，包括聽覺、觸覺、嗅覺來完成如過馬路、找食物等體驗旅程，場景包括公園、商店及渡輪等，模擬失明人士所面對的處境。」卓航徐徐地介紹。

「你可以告訴我前面有什麼嗎？我該怎樣去聽？怎樣去嗅？觸摸什麼？我要靠什麼度過這六十分鐘？時間可以縮短嗎？我感到不安全時可以馬上讓我出去嗎？」偉南問了一連串的問題，從他的聲音也聽得出他像風中的樹葉在顫抖。他的身體同樣也在顫抖。

「依靠你自己，信任自己視覺以外的其他感官，也可以依靠可以信任的人，現在你的身邊有我和芯宜，我們就在你的身邊，雖然你看不到，但應該可以感覺得到。」卓航說。

「我感覺不到！」偉南固執地說。

「就算感覺不到，也應該聽到，你聽到我的聲音吧？還有……」卓航說。

「我在，我一直都在！」芯宜肯定地說。

「通過走過黑暗不確定的體驗，你們會發現平常不易察覺的內在慣性與內在潛能，移除自我設限，開展生命中更大的可能性。好了，你們試着跟隨我的指示向前踏出第一步吧！」卓航續說。

「什麼也看不到，怎樣踏出第一步？我怎麼知道會不會碰到什麼？會不會被絆倒？」

偉南的聲音中透露着不滿。

「雖然不知道前路，但你總不能停留在這裏一步也不移動吧？這項極具衝擊性的體驗學習，在一個失去視覺的環境，強迫參與者開啟其他感官的敏鋭度，以增進溝通的能力並重新體認自我。請你盡力嘗試，相信你自己。」卓航的聲音中傳達出令人鎮定的力量。

「你是失明的，當然可以不用看就向前走，而且你熟悉這裏的一切，知道裏面有什麼！」偉南這樣想，還是抗拒卓航的話。然而也不能不向前踏出一步、兩步，如果自己不向前走，而卓航和芯宜都走開了的話，他就更寸步難移了。

可是，他走不了幾步，就被不知什麼東西絆了一下，一個踉蹌，快要摔到地上，幸好有人扶了他一把。

那是卓航，他的手又大又暖且有力，他扶起偉南之後，偉南一把緊緊抓住他的手前行，他害怕再絆跌，他害怕下一次跌得更重，他害怕會跌倒受傷……

「你不能一直抓着我吧？要盡量倚靠自己！」卓航説時，扳開了偉南的手，讓他自己摸索前行，「然後，讓自己建立從欣賞的角度去看待不同的人，進而擴大自我疆界、促進個人成長、強化效率管理，並學會認同與尊重人與人之間的多樣性價值。」

卓航的聲音好像有一種催眠或者是鼓動的作用，偉南開始嘗試前行，這時他才想起自己的手上握着失明人士的手杖，卓航也教過他怎樣運用，儘管嘗試一下吧！

漸漸地，偉南好像掌握了怎樣運用手杖摸索前行，也開始嘗試運用聽覺、嗅覺、觸覺去感受周圍的事物。

「噢！糟了！」那是芯宜的聲音，偉南朝聲音走去，似乎感應到芯宜的氣息，他伸出左手一把抓住她，他知道她需要幫助。

「有東西把你絆倒了嗎？」他問。

「沒有，只是，我嗅到了花香味。我有嚴重的鼻敏感，嗅到某些花的香味會——乞——客……哈」芯宜說時，連續打了幾個噴嚏。

偉南左手拉着芯宜的手，右手從衣袋中摸出一個還沒使用的口罩，遞給她，說：「戴上這個吧！應該會好一些。」

芯宜戴上口罩之後，果然就沒再打噴嚏了。

偉南也嗅到花香，由這刻開始，他感到自己能夠充分運用到嗅覺、觸覺甚至感覺——能夠用內心去感受，他甚至能夠享受之後的旅程。

「在活動結束後，在視障培訓師引導參與者離開黑暗空間後，大家將會再次進入一個促進省思的光明環境。你們會藉由黑暗中所得到的體驗及印象，思考過去與他人之間的互動模式，發掘問題、面對自我，並將這寶貴的心得及經驗，帶回日常的工作與個人生活中。」

卓航的聲音打破了靜謐，也象徵這旅程要結束了，偉南竟感到有點不捨，他不明白，這是為了什麼？

重見光明，他才發現，原來自己剛才一直牽着芯宜的手，沒有放開過。

芯宜也驚覺到了，她連忙甩開他的手，臉全漲紅了。

步出體驗館之後，卓航對他們說：「本來我們只是讓單獨個人體驗旅程，不會讓兩個人牽手同行的。但是剛才讓兩位試驗的，是我們新構思的情人節『出雙入對』體驗活動，讓情侶在全黑環境中，有一場與別不同的約會及體驗，一起踏出舒適區，二人一杖，閉起雙眼展開非一般的旅程。」

「可是我們不是情侶！」芯宜連忙澄清。

「你怎麼知道我們是牽手同行？」偉南問。

「有些事情，是不用靠視覺、聽覺、嗅覺、觸覺也感受得到的。」卓航說時，嘴角泛起促狹的笑容。

※　※　※

「就算前面怎樣黑暗，也一定會再有光，有出路，有可以信靠的同途人。」自從經歷了「黑暗中對話」的體驗之後，偉南心裏彷彿有這説話時常縈繞。

「發什麼呆？快按鈴吧！這是我們要見的第二個參賽者家聰的家。」芯宜的聲音在耳邊響起，打斷了偉南的思緒。

「待會兒見到守宮，你不要被嚇着才好！」芯宜説。

「守宮？什麼是守宮？」偉南問。

「你看見就知道。」她説。

偉南按了門鈴，門開了，站在門裏的是一對約莫三十歲的年輕夫婦，他們的臉上露出如陽光般燦爛的笑容。

「歡迎你們，我是林家聰，這位是我的太太，我們會帶着我們的守宮、龜和貓貓、狗狗一起表演雜耍，請進來坐，聽聽我分享我們的故事吧！」

家聰說完，將偉南和芯宜迎進家中洋溢着大自然氣息的大廳。

※　※　※

林家聰和太太 Lisa 都是社工，他們的家中養過不同動物，包括豹紋守宮（壁虎）、睫角守宮、龜、螳螂、獨角仙、跳蛛、一隻狗和三隻貓。

家聰從唸小學時開始養倉鼠、小鳥，高中時開始養龜。小時候家裏有養狗，那是一隻八哥，因為她的姐姐生了孩子，而父母要幫忙照顧嬰兒，所以把小狗送給別人。家人把小狗送給人的時候，他不敢和小狗道別，因為害怕分離。之後，他養寵物也會養長壽的龜，龜的壽命通常有三、四十年，有些品種會有上百年的壽命，那就不用害怕這麼快離別。

養龜的初期，因當時網絡上的資料沒有那麼多，他就去金魚街留連，請教那些店舖的老闆，從中得到很多資料。養龜不用怎麼打理，需要注意的反而是不可常常騷擾牠們。飼養爬蟲類和養魚一樣，只是和牠們共同生活，牠們不是主人的玩具。從前，他的公公有養一隻金錢龜，養了四十多年，那隻龜懂得認人，阿公出入的時候牠會跟着，家人經過時牠也會把頭伸出來打招呼，那就是共同生活。

家聰娓娓道出龜的習性：不同年紀的龜的外形也有不同的變化，顏色會改變，殼的功能也會改變。龜看到陌生人會害怕，陌生人餵牠的時候，牠們會追着他們的手指，咬他們。之前他已經被龜咬過很多次，所以和牠們相處要有技巧。現在他養的兩隻龜，其一是黃緣閉殼龜，另一隻是東部箱龜。養爬蟲類有趣的地方，是每一隻個體也不相同，花紋、品種也不一樣，他以前會用收集的心態去養龜。

養龜的水溫、環境濕度和吃的飼料也要講究，例如黃緣閉殼龜喜歡躲在泥裏，愛吃肉性食物，過冬前要進補，要吃高蛋白質的食物例如雪鼠（冷凍的老鼠）和蠶蟲，家聰會買蝗蟲、蟋蟀來餵牠。選食物也要小心，食物的來源地要清潔。他說到養龜初期的趣事：因為餵龜要養蟋蟀，初期他沒經驗，買了用膠袋裝着的百多二百隻蟋蟀回家。蟋蟀咬穿了膠袋跑出來，在屋裏到處跳，還跳到人的身上。這次「災難」歷時兩三個星期，全屋也是蟋蟀，晝夜不停地叫，直至牠們餓死了，這場災難才結束。

有時他會帶牠們去曬太陽，因為龜的殼要吸收鈣質；也要常為牠洗澡，一星期用牙刷擦牠的殼幾次，好讓牠的殼保持清潔。龜會時常生病，而且未必看醫生就可以痊癒。龜的常見疾病是肺炎、感冒、皮膚病等等，多數因為肺炎打理不好而死掉。溫度不適合也會令龜生病，冬天天氣太冷，雖然在水裏設有暖管，但是牠離開水之後就會容易冷病。患有肺炎的時候，龜會頸腫、全日很疲累要睡覺。一歲以內的龜存活率較低，獸醫通常不會救一歲以內重病的龜。看醫生一次要千多元，而且爬蟲類的醫生很少，十隻手指可以數得完，所以養牠們之前要有周詳考慮。

家聰還養了兩隻守宮，是豹紋守宮和睫角守宮。守宮的生命有多個階段，顏色會愈長大愈鮮艷，攻擊性也更強，看牠們捕食獵物十分有趣。養守宮要注意濕度和有沒有寄生蟲的問題，他曾經養過六、七隻非常漂亮的守宮。

守宮中以豹紋守宮最易養，牠們會變色，有不同花紋，十分漂亮。價錢由一、二百到一萬幾千元也有，視乎其花紋是否特別或者罕有。飼料方面通常是蟋蟀、麥皮蟲，也有以昆蟲製的乾糧。部分守宮沒有眼瞼，不懂眨眼，但豹紋守宮是有眼瞼的。牠們是地棲動物，不懂爬牆。牠們會用尾部來儲存脂肪，看牠的尾部是否肥大，就知道是否健康。飼養守宮一定比養貓狗容易，只要一星期餵飼兩三次便可。

守宮像貓一樣很愛清潔，牠們會自己清潔身體，每隔一段時間更會蜕皮。飼養守宮只要食物的來源清潔，牠們便會少生病。飼養的環境、溫度十分重要，因為守宮是爬蟲類，是冷血動物，飼養環境的溫差不能太大，乾濕情況也不能弄錯。守宮在一至兩歲的時候，當季節變遷時要為牠們加溫，要用暖管保持溫度，那麼在牠們長大了之後，就會較容易適應環境。

小時候，飼養的龜死掉，家聰會把牠帶到屋苑樓下的公園，用泥土埋掉，有時經過也會悼念一番。到他長大了，飼養較有心得，龜死掉的較少。龜死掉的話，他會用坊間的方法——用龜的殼來做標本留念。

他認為飼養龜和守宮這些爬蟲類，也有助認識生命。他的姐姐很害怕蛇蟲鼠蟻，這是因為城市人與大自然分割太久了，不認識牠們引致害怕。他會教導他的外甥認識生命，會讓外甥把爬蟲類放在手玩。他會以身作則，令外甥不再害怕這些爬蟲類。他認為害怕和歧視都是源於無知，多認識就不會害怕。飼養爬蟲類之後，他開始學習昆蟲攝影，開始時是用微距攝影，行山時會拍攝昆蟲。他指出香港有豐富的物種，他拍攝那些昆蟲之後，會把相片放上網。他也會把飼養的爬蟲類的相片放上網與人分享，希望可以改變人對這些物種的固有觀念。

他的太太也有養貓狗的經驗，對於龜也不會害怕，但是對於其他爬蟲類也有點恐懼。與他一起之後，接觸多了這些爬蟲類，她就不再覺得害怕，反而覺得牠們可愛。

結婚前，他倆尋找新居時，已決定要養狗，所以尋覓新居的時候也要找能夠養寵物的。他們領養了一隻狗，牠小時候被人虐待過，所以很怕人，見到陌生人會躲藏，渾身顫抖。另外他們也領養了三隻貓，那是朋友救了一隻懷孕的貓，那隻貓生了兩隻小貓，他們就一次過領養了牠們，以免牠們骨肉分離。因為他們是第一次養貓，所以格外小心，這些小貓被領養之後，已看了三、四次醫生。

他們計算過每隻寵物單是飼料方面已要每月花約七百元，現在一隻狗加三隻貓共四隻，就要每月花二千八百元，還有看病的金錢更難以計算，加上養龜和守宮，每月的開支也不少。當然，有付出也有得着，那麼他們的得着是什麼呢？

飼養寵物之後，家聰對生命的看法也有不同，他會學習怎樣去理解離別。認識怎樣離別也是一種成長，他覺得讓自己養的動物經歷了全部的生命歷程，讓牠們有適合的環境去生存，已經無悔。因為已經盡了力去照顧牠們，就算牠們離開也會釋懷，不會太傷感。他指出一些人認為我是主體，寵物是載體，我是牠的主人。但他覺得飼養牠們也是他自己的需要，帶來了很大的滿足感。Lisa 說養貓很療癒，而帶狗出街可以認識很多同道中人，人際網絡也擴大了，這些都是飼養動物的得着。

第五章　好老師VS壞老師

「你看這隻豹紋守宮最易養，牠會變色，還有不同花紋。」芯宜興致勃勃地看着透明膠箱裏的豹紋守宮說，「家聰真慷慨，竟送一隻給我們養，由你還是由我來養好呢？」

「當然是由你來養，」偉南想也沒想便說，「剛才家聰說飼養守宮的環境、溫度十分重要，飼養環境的溫差不能太大，乾濕情況也不能弄錯。當季節變遷時要為牠們加溫，要用暖管保持溫度。我怎能處理這麼複雜的要求，我連自己也照顧不好，照顧得很困難，怎能照顧牠？我感到力不從心！」

「哎，你不要說得這麼慘好不好？反正現在乘車回去也在太子下車，我們到金魚街買籠和暖管吧！」

芯宜說完，沒理會偉南的反應，便雀躍地提着膠箱跑向車站。

到了金魚街，她跑進一間位於二樓的爬蟲類用品店，朝慢吞吞地走在後頭的偉南嚷：

「快點進來吧！」

「你看，這裏的守宮的價錢由一百到一萬幾千元也有，我們這隻豹紋守宮的花紋這麼漂亮，想必也價值不菲吧！我們算是『非一般才藝大賽』的工作人員，拿了這守宮算不算收受賄賂呢？」芯宜說時表情一點不擔心，她只是說着玩。

「這邊大大小小飼養守宮的籠，挑哪一個好呢？」芯宜嚷着。

「無論籠子是大是小，被關在裏面也是失去了自由。我們自己也不想被關在籠子裏，為什麼要買一個籠子把一隻生物關在裏面呢？」偉南說得認真。

「不買一個籠子養牠，難道讓牠通屋跑嗎？那一定把姑母嚇壞的！」

「為什麼只關心籠外的，卻不關心籠內的感受？」

芯宜察覺到偉南的聲音有點異樣，轉頭看了看他，他定睛看着前面的幾個籠子，神色凝重。

「先不挑籠子，我們先買必須的飼料吧！記得家聰說守宮的飼料通常是蟋蟀、麥皮蟲，也有以昆蟲製的乾糧。他還說飼養守宮一定比養貓狗容易，只要一星期餵飼兩三次就可以了。別擔心，我們可以輪流照顧牠。」

「如果我自己也要被關在籠子裏，怎可能一星期餵飼牠兩三次，說不定一年餵牠兩三次也不成……」

「別說得這麼嚴重嘛！家聰說守宮像貓一樣很愛清潔，牠們會自己清潔身體。飼養守宮只要食物的來源清潔，牠們便不會生病……」芯宜刻意拉拉雜雜說些別的。

「就算牠少生病，半年、一年，甚至三、四年不回來看牠也沒問題嗎？說不定牠的主人要被關在籠子裏三、四年，牠就也要死在籠子裏了！」

「你別說得這麼悲觀好嗎？我會幫你照顧牠的，牠會等你，半年、一年，甚至三、四年也沒問題。」芯宜不知道自己為什麼會這樣說。

「這不是悲觀，很多案例也是這樣……」偉南木無表情地說。

「其實……你可以告訴我你犯了什麼事、被控什麼罪名嗎？」她問。

十七分鐘後，他們到了金魚街街頭的康年茶餐廳坐下來，芯宜點了茶走和墨西哥包，偉南點了凍鴛鴦和雞尾包。

偉南呷了一口鴛鴦，說：「只是在臉書上展示和分享過一些帖文……」

芯宜聽他說了帖文的內容便說：「我覺得你沒有做錯……」

「沒有做錯，不等於沒有犯法……不是嗎？記得家聰說過，養寵物之後，他對生命的看法不同了，他會學習怎樣去理解離別。他說認識怎樣離別也是一種成長，他覺得讓自己養的動物經歷了全部的生命歷程，讓牠們有適合的環境去生存，已經無悔……我覺得自己也要學習怎樣面對離別。不去擁有，離別就會容易一點……」說完，他低下頭。

「他不是說讓自己養的動物經歷了全部的生命歷程，有適合的環境去生存，已經無悔嗎？用全身全心去擁有、去擁抱、去珍惜，然後才能無悔，對自己的生命無悔，不是嗎？」

說到這裏，芯宜突然覺得自己說得過於認真，她咬了墨西哥包一大口，讓裏面的奶黃餡溢了出來，說：「就算對這墨西哥包，也要盡情大口嚼它，好好品嚐，完全嚥下去，慢慢消化，才能彼此無悔，兩忘於胃液裏。」

「記得中學的中文科老師說：『情之所鍾，正在我輩』，不就是這意思嗎？對了，我們明天要去訪問的那位參賽者是一位中學教師，他任教的正是我的母校，他應該是我的師兄。」偉南說。

「是嗎？他選擇回到自己的母校任教，一定對自己的母校很有感情。」

「他和我應該是同一位中文科老師教出來的，那是我們許多屆同學都最景仰、最不捨的老師……」

※　※　※

翌日早上，他倆邁步在通向偉南母校的蜿蜒山路上。

偉南的師兄殷梨亭已在學校的籃球場上等他們。

「兩位好，我將會帶領今年的中六畢業班同學，在『非一般才藝大賽』上大合唱……」胸懷大志的殷 Sir 説。

※　※　※

殷梨亭，中學教師，任教中國語文及中國歷史科。

殷 Sir 現於一間中學教授高中的中文及歷史科，任教的學校是他的母校。他説一直有和母校的老師保持聯絡，而回母校任教也一直是他的志願。在母校的七年中學生活中，他受到老師的影響很大，令他想繼承老師的教導，指引學生怎樣做一個無愧的「好人」。

對他影響至巨的，是中六、中七時教他中文的吳老師，吳老師一直堅持要教學生近代歷史，她的教學質素好不在話下，且更會關懷學生，對學生有深入了解，在學生的成長中擔當重要的角色。及後，吳老師卻因癌症逝世，令他痛心之餘，為人師表的心志也更堅定。

回想吳老師教導他的點滴，他説自己中文科的成績一向名列前茅，在某一次測驗中，他沒有認真溫習，只靠一點小聰明和「吃老本」過關，成績雖然仍是頭幾名，但還是給吳老師罵了一頓，因為吳老師知道他沒有認真溫習，訓示他分數不是最重要，重要是自己付出多少努力，成績背後的因素更重要。嚴師出高徒，殷 Sir 成為老師之後，亦致力於教導學生追求分數之外更重要的東西。

秉承師訓，殷 Sir 成為教師之後，致力於在教授知識之餘，亦教導學生待人處事。他認為求學不是求分數，人生是關於選擇的遊戲，懂得如何面對困難，負起自己的責任，在跌跌碰碰中成長，成為一個比昨天的自己更好的人，比學業成績好更重要。

他指出，現在網上的資訊發達，人們獲得知識很容易，知識愈來愈便宜，根本不需要有老師。如果老師只是傳授知識，存在價值會很低。學校的價值不單是知識的傳授，教師的角色是「學習促進者」，為學生篩選知識，促進他們學習，不只學習學科知識，更要學習人生各方面的知識。

現今人與人之間的距離愈來愈遠，人與人之間互不信任，他認為學校應該提供一個安全的環境，成為一個保護網去讓學生作出各種嘗試，放手讓他們去追尋，而教師只是作為引導他們追尋理想的角色。

前陣子因為疫情，中六學生上課的日子屈指可數，文憑試的考試時間三番四次作出改動，令他感到無奈。作為文憑試考生的老師，殷 Sir 在網上授課、與學生傾談之餘，又會親自駕車送筆記給學生，更以每個學生的名字作詩句，因應學生的性格、稟賦，對他們作出鼓勵。

他說學生心中有太多積怨與鬱結，除了對政局問題常與家人看法不一致之外，不能上學又不能向老師、同學傾訴，加上沉重的考試壓力，很容易被壓垮。作為老師，他唯有多聽他們傾訴，多作鼓勵，因此他駕車為學生送上筆記，就是想和學生有面對面接觸的機會，讓他們感受到關懷。其實對語文有興趣的學生不多，只希望自己的熱誠能夠對學生有潛移默化的作用。

面對種種困難，他說黎明前是最黑暗的，逆境不是一時三刻能夠改變，希望同事和學生都能明辨是非，堅守信念。他的學生對前景亦感到很灰心，常會問讀完大學之後能做什麼？將來出來社會又會成為怎樣的人？作為教師，他勉勵學生只要「留得青山在，哪怕沒柴燒」，在可努力的範圍內作出努力，在可行的環境中發揮最好，付出更多，這是他的選擇，亦是他希望以身作則勉勵學生的。

※　※　※

走在離開母校的山路上，芯宜問：「剛才殷 Sir 口中的吳老師，也就是你說的那位最景仰的老師？」

「是的，吳老師很受學生愛戴，在她的葬禮上，上千個來悼念她的學生擠滿了禮堂。在薄扶林道基督教墳場外，手持白花來向她道別的歷屆學生，由山上列隊排到山腳……」

「這真可說是生榮死哀了。」芯宜說。

「剛才聽你說你的中學母校也在附近，要順道去探望你的中學老師嗎？」偉南問。

「不，我沒有你們那麼幸運，中學時遇到那麼好的老師。」

「這話怎講？不會所有老師都不好吧？」

「不好的老師一個就夠，他足以令整個中學時代蒙上陰影……」芯宜的臉上泛起少有的黯然。

※　※　※

芯宜在中學時期中文科和美術科的成績最好，進大學她的首選會是中文系，次選是藝術系。誰知道，她在高考的中文科考試中失手，只好退而求其次報讀藝術系。

當芯宜第一次面試時，一向對她欣賞有加的方 Sir 說可以幫她。在她的中學任教是方 Sir 的第一份工，他才二十多歲，畢業後在中大當了幾年研究員，之後由大學教授推薦他來她的學校任教。

之前芯宜考公開試的美術科時，得到方 Sir 不少的幫助，及後知道她高考中文科失手時，也是他第一個建議芯宜改報藝術系的。

因為方 Sir 在藝術系認識很多講師，他之前也參與過學生面試的安排工作，所以在芯宜的第一次面試前，他約了她出來為她備戰。

她很容易通過了第一次面試，得到了第二次面試的機會。方 Sir 說第二次面試只是形式上見一見，表現沒有大差錯的話，該是十拿九穩的了！

距離第二次面試還有一星期，方 Sir 叫芯宜不要太緊張，應該去看齣電影鬆弛一下。他說買了戲票，請她和幾個同學一起去看動畫片。

孰料，當她到達電影院，卻發現只有方 Sir 和她兩個人，而且看的是一齣有關愛情的電影。

那次之後，方 Sir 再打電話給她，她也藉故匆匆掛線；方 Sir 說有面試的資料要給她，她也委託一個相熟的男同學幫她取。

第二次面試那天，芯宜為了慎重起見，早了個多小時到達中大的面試場地，卻在那裏看到方 Sir 在等她，方 Sir 說：「還有很多時間，我們到學校飯堂坐坐吧！」

她不好意思再拒絕，只好去了。坐下不久，方 Sir 看到她還是刻意和自己保持距離，答話也是有一句沒一句的，於是對她發狠話：

「別以為你一定可以進入藝術系，我問過負責面試的人，他們說無論高考成績和面試表現，比你優秀的大有人在，說不定你只是陪跑而已。而且你是那種忘恩負義的人，你以為他們不會也考慮品行嗎？」

他還說了很多打擊芯宜自信心的話，到面試時，芯宜自信心全失，對面試官的問題，她只答是或不是，結果，她落選了！

※　※　※

「方 Sir 本來是你很敬重的老師，所以當發現他的真面目，你才受到這麼大的傷害！」偉南說得小心翼翼。

「一個好的老師或壞的老師也對學生有很大的影響。」芯宜感喟。

「我最記得吳老師在我們中五那年的中文課上，對我們說過韓愈寫《祭田橫墓文》的故事，故事是這樣的……」

田橫，是秦、漢之間的齊人。他本是齊王田榮的弟弟，齊國滅亡，田榮死，田橫因代領其眾，擊退項羽，收復故土，立田榮之子田廣為齊王，自為相，專國政。三年以後，漢派韓信來攻，田廣被擄，田橫自立為齊王。與漢將灌嬰戰，敗於垓下，亡走梁，歸彭越。

接着楚漢相爭，漢滅楚，高祖劉邦即位，田橫知大勢已去，與其徒屬五百餘人，逃往海島。高祖聽聞齊人賢者多歸附田橫，恐怕將來有亂，便派使者往召田橫，說：「田橫來！大者王，小者侯；不來，且舉兵加誅焉！」田橫因與二客至洛陽，到了距洛陽三十里的屍鄉，田橫說：「橫始與漢王俱南面稱孤，今奈何北面事之？」遂自殺而死。

高祖即以王禮葬田橫於屍鄉，拜二客為都尉，但二客拒不受命，亦自殺於田橫墓旁。在海島中那五百多人，聽說田橫死了，也都自殺而死。

韓愈懷抱大志，未遇好士之人賞識，東西奔波，抑鬱憤懣，在他由河陽到洛陽時，路經田橫墓下，對田橫的事跡不勝感慨，因而寫了這篇文章來弔祭他，祭文是這樣的：

「貞元十一年九月，我到東京洛陽去，經過田橫的墓下，想到當年田橫那義氣凌雲的形影，獲得部下身心的認同，非常感動，因而備酒向他致祭，並寫了後面這篇文章來追悼他：

遠在百代之前所發生的事情，到如今仍然這樣的感動人心，我自己都想不明白這是什麼道理！如果不是當今世道，很難再有機會看到這種事情的發生的話，怎麼能令我激動得不住再三歎息呢？我早已把世事看清楚，哪裏有趕得上夫子您的作為的！死了的不能再生，我離開這兒要依從誰呢？當年秦朝那敗亂的禍患叢生，有志之士，只要能得到一個人才，就可以據有天下稱王稱帝，為什麼您有五百位那樣多的部屬、門客，卻不能使您免於自殺身亡的下場？是不是您所供養的士子非賢、無能，還是天命的安排就是這樣？從前闕里地方有那麼多士子求學，可是孔聖人仍然說他終日遑遑不安，這就是說，如果我的道路沒有走偏，雖然遭遇到挫折、逆境，也不用感到傷心、挫敗！自古死了的當然情形不一樣，然而，只有夫子，您到如今仍然散發着義行的亮光。跪着把這祭文讀完再獻上酒漿，

好像看到您的英魂蒞臨賞光啊！」（白話譯文）

「文中『荀余行之不迷，雖顛沛其何傷！』（原文）這兩句話，吳老師叫我們要好好記住，就是說，如果我的道路沒有走偏，雖然遭遇到挫折、逆境，也不用感到傷心、挫敗！」偉南陷進當年上中文課的回憶中。

「這句話真有意義，你真的要常常記住這句話，用它來勉勵自己啊！」芯宜說。

「好老師的教導要好好記住，壞老師的事就忘掉算了。我們要做的是：不好的影響讓它到自己就停止，所有好的讓它一代一代延續下去，我們的責任是讓下一代對人性有信心。」偉南說。

「那麼，我要做的是對方 Sir 原諒和放下，你要做的是讓吳老師的精神的種子在你心裏灌溉成長。」芯宜和他互勉。

「好吧，那隻守宮這星期由你照顧，下星期就由我來吧！」

「繼承吳老師的精神來養守宮？」

聽了芯宜的話，偉南只笑不語。

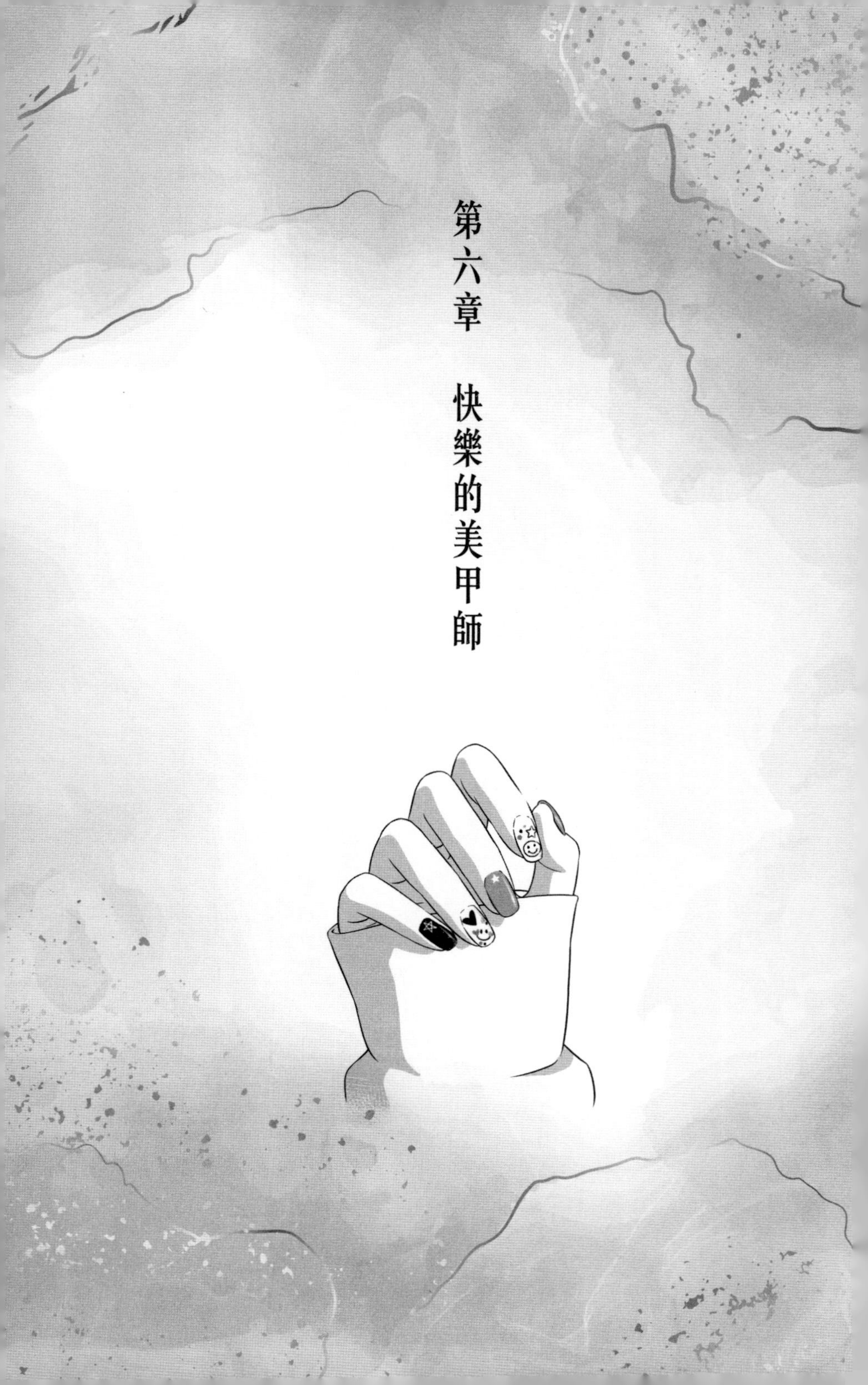
第六章　快樂的美甲師

因為居住的唐樓有人確診肺炎，芯宜和姑母要到楓樹街球場進行強制檢測。他們住的太子通菜街唐樓，位於兩個強檢場所的中間，其一是深水埗的楓樹街球場，其二是旺角的麥花臣球場。芯宜認為楓樹街球場比較近一點，所以帶了姑母一起去。

到了楓樹街球場，遠遠看到球場裏密密麻麻的站滿了人，球場外也站了人龍，令芯宜和姑母嚇了一跳。他們走到了龍尾，站在前面的人說：「這種情況至少也要排兩、三小時才能進行檢測。」

那怎麼辦呢？今天的氣溫只有十一、二度，要在這露天的運動場站兩、三個小時，自己捱得住，姑母也捱不住，可是要回去嗎？就算明天再來也可能一樣要等兩、三小時，芯宜進退兩難，也只好先排隊。

才排了十分鐘，姑母已連連打噴嚏，姑母這年紀着了涼、冷病了可不是小事，這令芯宜憂心忡忡，幸好這時她的手機響起了，是偉南。

「今天是我們交換豹紋守宮來養的日子，我現在拿過去給你好嗎？」

「現在不行，我和姑母在楓樹街球場排隊強檢。」芯宜說。

「那邊人多嗎？看電視新聞，許多強檢場地有數百人在等候，這麼冷的天氣，老人家等這麼久一定很辛苦！」

「對啊，我真擔心姑母會冷病！」

「這樣吧，我現在過來幫你的姑母排隊，讓她先回去休息，差不多時間她再來吧！」

「不行啊，姑母自己回去，跟着自己再來，往返的路程也讓我擔心。」

「這樣吧，舅父的二手書店就在荔枝角道，從楓樹街球場走過去不用五分鐘，我請舅父來帶你的姑母到『王的書房』坐坐，差不多輪到你們強檢的時間，我再打電話請舅父把你的姑母帶去，這樣好嗎？」

「這樣太麻煩你們了吧？」

「不要緊，不是應該互相幫忙嗎？而且路途近，也不至於太麻煩舅父的。」

「這樣也好，姑母一定很喜歡在『王的書房』看書，說不定她會找到心愛的書呢！」

過了不到五分鐘，偉南來了，「王的書房」老闆也來了。他們是從書店走過來，真的不用五分鐘！老闆把姑母帶走之後，芯宜就和偉南二人在排隊。

排隊的情況也有一點混亂，維持秩序的年輕工作人員好像不大熟悉程序，公公、婆婆對他們的安排有點怨言，都在罵他們。偉南看不過去，把那些工作人員拉到一旁講解一番，他們聽得明白，果然就安排得順暢了一點。

不久，採訪強檢擠迫情況的電視台和報章記者也來了，他們的其中兩、三個竟然跟偉南打起招呼來。芯宜心想：「這是我認識的那個悲觀大於一切、差點以為他患上了躁鬱症的那個人嗎？到底從前的偉南是怎樣的？」

「為什麼你會認識那些記者？又那麼熟悉政府的安排程序？你從前是做什麼工作的？」芯宜問。

「你有興趣知道嗎？」偉南反問。

「當然有，你說來聽聽，反正排隊要等的時間很長。」

她耐心地聆聽偉南娓娓道來。

「我在大學畢業後加入政府公務員體系，擔任行政主任數年，曾於教育局、民政總署、商務及經濟發展局工作……」

「真令人意想不到啊！」芯宜叫了起來，偉南沒理會她的大驚小怪，續說下去：

「那一年，我工作那部門的員工出入口外擠滿了表達不同訴求的人，其中不乏年輕人。我看到有一個在那裏負責清潔的嬸嬸在向路過的人派花，同時對出入的人員說了這句話：『外面的年輕人這麼辛苦地爭取，我希望你們知道自己在做什麼。』

「自那一刻開始，我認真思考自己在做什麼。由大學畢業開始打政府工，先後在五個政府部門工作，那時已月入五萬多，前途一片光明。然而，工作是執行上司的指令，緊跟長官意志，絲毫沒有自主性。每天上班下班，沒有自我，不能自主的工作生涯，難免令人感到耗盡。

「一些已買樓、結婚生子的同事，緊抓高薪厚職不敢辭工。縱使想在一片混濁的宦海中抽身也不能，惟有在下班後投入各種興趣，尋回一點自主。

「在工作中，難免要講謊話，為不合理的事作出掩飾，這令我的罪咎感愈來愈大。然而，面對家人的期望，安穩的物質生活，我經過艱難的內心掙扎，且和家人幾經拉鋸，終於決定辭職。驅使我作出此抉擇的其中一個原因，是當我想到三十年後，如果自己仍是公務員，仍在做着沒有自我、不能自主的工作，說違心的話，就會感到不寒而慄。

「我知道自己其實不需要豐裕的物質生活，簡簡單單的生活也能好好地過，至少此時此刻做的事不會令自己後悔。從前月入五萬多，做着違心的事，金錢易來易去，花費了大量金錢在吃喝、減壓上。

「辭掉工作之後，我和幾個朋友開了一間公司，專門幫一些想創業的年輕人作市場研究、商品推廣、籌集資金等工作。收入雖然只有從前的五分之二，但心安理得，每天自己只可花二百元，每月還堅持儲點錢，為父母將來的生活幫補一下。

「在這個時代的疫情和環境下，年輕人的生活愈來愈艱難，要創業就更加難了，我們為他們聯絡媒體推廣、宣傳，也為他們籌集資金，幫了不少年輕人，也令他們的生意愈做愈好，還形成了地區的生意聯盟。也許是樹大招風吧！這引起了商業對手的妒忌，我們的籌集資金行動被抹黑，說是資金來源有問題，年輕人的店舖因被針對而逐一關閉。一夕之間，我們辦公室的業主不肯再租給我們，要逼我們搬遷，公司的工作亦因為不斷被告發、審查而不能繼續，只好結束了……

「之後，我又被這官司纏上，再找不到全職工作，只能做些兼職，再後，連兼職都找不到了，要過着『搵朝唔得晚』的日子。幸好媽媽一直支持我，印象最深刻的是有一次要開口問她拿二百元增值八達通，一百元用來買一大袋麪包充飢，一百元用來乘車。那時為了減輕生活開支，我在兼職的場所見到一些工作人員將吃剩的飯盒棄掉，因為不想浪費，我每次問准他們後，便把飯盒帶回家，那些飯盒通常足夠我連吃幾餐，這已可省下一、二百元了。」

芯宜聽得黯然，正想向偉南說些安慰的話，卻聽到他說：「看！快要輪到你們檢測了，我要打電話給舅父，請他把你的姑母帶來。」

排了近三小時隊，芯宜和姑母終於完成了檢測。姑母在「王的書房」見到丈夫生前著作的初版書、絕版書，令她喜不自勝，吵着說看了一個多小時沒看夠，要回去再尋寶。她們離開楓樹街球場時，遇上也是剛檢查完的三樓鄰居 Isa，她就是因為幫助芯宜令自己也被關在鐵閘外的那人。她們聊了幾句，說起要去「王的書房」，Isa 也嚷着要跟着一起去。

於是她們到了「王的書房」，姑母繼續尋找丈夫生前的著作，芯宜在看繪本，Isa 興致勃勃地在翻舊書，幾個人在書店裏有一句沒一句地聊起來。

Isa 說：「我要找找這裏有沒有我的出版社出的書。」

芯宜問：「什麼？你是開出版社的？還是是在出版社工作的？」

Isa 答：「我在三年前開了一間出版社。」

「這麼巧！你們住的那幢唐樓的其中兩層，裏面住了出版社老闆、大作家的夫人，還有繪本作家，那是專給文化人住的唐樓吧？」書店老闆說。

「你這家店也在唐樓，書店在地下，你住在樓上閣樓是嗎？」芯宜問。

「對呀，是偉南告訴你的？」老闆問。

「是我自己猜到的。」芯宜說。

他們三人在書店逗留了一個多小時，正想離開時，看到偉南從閣樓端來一個盛滿食物的餐盤。

「這是什麼？」芯宜驚喜。

「大家都應該餓了，你的姑母也許受了涼，要吃些熱的。我煮了皮蛋瘦肉粥和豉油王炒麵，大家吃一點再回去。」偉南說。

「你竟然會煮這些東西，太神奇了！」芯宜叫起來。

「小時候爸爸是開粥店的，後來他離世，媽媽一個人支撐不來，粥店就關門了。我從小就懂得煮這些。」偉南解釋。

「那麼你可以開一間小店賣粥和炒麵。」Isa 邊吃得津津有味邊說。

「不可以了，開了店又怎樣？要進去坐牢不是要關門了嗎？」偉南說。

「你又這樣說了！想些積極一點的，向好處想不可以嗎？」老闆說。

「對了，那八千元其實你不用還給我的，姑母住的地方，一磚一瓦、一道木門、一道鐵閘也是姑丈親自設計、佈置的，姑母一絲一毫也不會想改變，所以我們其實不用換鐵閘，我只是騙你一起工作而已。你工作得來的錢可以儲起來在日後用，你不是應該好好規劃一下日後可以怎樣生活嗎？」芯宜說。

「坐牢出來的人還可以怎樣？我還可以做回以前的工作嗎？」偉南問。

「一定可以的，從現在開始，我們重新為你展開生涯規劃！」芯宜肯定地說。

「我一定支持！」老闆說。

「我也支持！」Isa 說。

「也加上我的一份！」姑母說。

「那好，我們明天開始積極為你重新展開生涯規劃！」說完，沒理會偉南的反應，芯宜逕自點頭，又大口地吃了一口豉油王炒麪。

※　※　※

第二天，芯宜把偉南帶到一間美甲店門前，對他說：「我們開始來為你重新展開生涯規劃的第一課。」

「在這裏？你不是要我先做美甲再去找工作吧？」偉南驚問。

「當然不是，我們來這裏聽一位美甲師的故事，他也是『非一般才藝大賽』的參賽者。」

「女性當美甲師有什麼特別？有什麼非一般的？」偉南問。

「不是，那是一位男美甲師！」芯宜說。

「男美甲師？」偉南有點驚訝。

這時，美甲店的門開了，一位穿了美甲店圍裙制服的短髮男士開門，說：「歡迎，歡迎你們來！我已經練就一邊美甲，一邊唱歌的技巧，美甲的式樣還和歌詞有很大關係的，一定令你們大開眼界！」

「我們且進去聽聽這位男美甲師的故事吧！」芯宜說。

※　※　※

潘少良讀小學四年級時，加入了學校網球隊，六年級時，代表學校參賽取得佳績，中學期間更兩度勇奪學界網球精英賽男子單打亞軍。中學畢業後，他曾獲邀到香港體育學院參加訓練，有機會成為香港網球代表隊成員，但他因為沒信心成為頂尖運動員而拒絕了。之後他再次投入網球運動，不久考取教練執照，成為全職教練。他自二〇一一年開始擔任網球教練將近十年，但卻在二〇一九年來一個華麗轉身，轉型做與網球教練風馬牛不相及的美甲師。

他放棄當網球教練的原因，是練習場地的欠缺，因為運動發展蓬勃，體育場館有不同運動員爭相訂場，在求過於供之下出現炒場的情況。由於個人炒場和專門炒場的公司相繼出現，他們訂場的方法很專業，而且轉手時收取高昂的費用，因此球類教練要負擔很高的訂場費用，教練費扣除訂場費用後所餘不多，令他萌生了放棄教練工作的想法。加上當時女兒剛剛出生，他希望有穩定的收入，於是想轉跑道去尋找較穩定的工作。

放棄網球教練的工作之後，他試過做司機、做地盤工作，轉了幾次之後，他希望可以找到合乎自己的興趣，有自由、有創意的工作。當時因為太太在美甲店工作，他有時到她的店裏，看到那些客人做完美甲後很開心，令他覺得做美甲師和做教練一樣，都是令人開心、滿足自己便會有成功感的行業，於是他決定嘗試做美甲師。初時只是抱着嘗試的心態，但後來愈做愈有興趣，覺得很有挑戰性，便全情投入這行業。

他指出做一套美麗的指甲不容易，要受很多訓練，看似簡單，其實很複雜。美甲的工序是：（1）修手皮，（2）造型，上色，做不同的花款，（3）修甲。他覺得其中最困難的是肌肉運用方面，美甲要用的是細肌肉，手指要很靈活。他多年來打網球都是運用大肌肉，而且運用很大的力量，但做美甲師要運用手指，運用小肌肉，要用較陰柔的力量。

美甲的其中一個程序是修手皮，修手皮也分很多個工序，包括軟皮、推皮、剪皮、磨走死皮等，不熟手的話，這個工序也要花幾個小時，熟手的十分鐘內便能夠完成。此外，搽指甲油要搽得均勻、光滑是很困難的，初時他看輕這個工序，後來發覺搽指甲油要搽好邊位是很講究技巧和力量運用的。在磨甲這工序中，運用磨甲鑽要多操練才會純熟，用得好會有很大的優勢。

他初期練習時會用假甲、人手的模型來練習，之後找來模特兒練習，他多是找男性朋友幫忙，找男士練習的好處是男士的手和指甲也較大，練習時較容易，而且男士忍痛能力較高，萬一不小心弄損了，他們也能夠忍受。

美甲重視美感、藝術感，他覺得自己在這方面不是很有天分，但相信工多藝熟，認真探求，盡力跟師傅學習，一定會成功。他工作的美甲店中有很多大師傅，他們已從事這行業十多二十年，很有經驗，跟他們學習獲益良多。

練習和真正給客人美甲是兩回事，因為客人有要求，令他感到壓力很大；客人不滿意的話，他會感到很煎熬。初期客人知道他初入行，不是熟手，對他沒信心，要求達不到就會不滿意。遇到這樣的情況，他只好檢討自己，多練習，多累積經驗。

他在心態上是怎樣調適的呢？因着自己曾是運動員，他清楚任何新嘗試也會遇上失敗的過程，明白到如果一開始便成功的話，以後的路反而會更難行，因為會驕傲，不會虛心學習。所以他縱使遇上挫折，也不會感到太難受，因為他已有足夠的心理準備。如果遇上客人對他的工作不滿意，他會虛心檢討，再去觀察其他師傅怎麼做，且向其他師傅請教，找出自己做得不好的原因，盡力去改善。他認為任何大師傅也是要靠浸出來的，要虛心學習才可以享受工作的過程。

正式從事美甲工作之後，很少顧客會因他是男性而抗拒，其實在日本、韓國和國內也有不少男性美甲師，有些客人甚至會認為男性技師更加細心。美甲師這行業吸引他的原因，是美甲的美感，美甲的色彩世界千變萬化，顏色配對、設計不同花款加上科技日新月異，令他感到這一切也很新鮮。他舉例說，例如指甲油現在流行會變色的，遇上UV光、冷熱改變也會變色，運用的閃粉也會變色，產生有鐳射的感覺。他會留意這些美甲科技的發展，也上網留意美甲的潮流，令自己與時並進。

做美甲師除了掌握純熟技術之外，和客人的互動也很重要。他指出美甲師要很有耐性，要有很高的EQ。不同客人有不同的性格，有不同的要求，因此也會遇上不同的情況要應對。有些客人來做美甲之前，可能因為工作、家庭或者生活壓力，產生了不好的情緒，他就要想辦法幫他們平復情緒，讓他們平靜下來。他會盡力釋放自己的正能量，去掩蓋對方的負能量，面帶笑容去面對，他認為自己的正能量要夠強大，對客人的情緒發洩也只可一笑置之。

少良從前是教練，只有學生聽他講聽他教，但是，在從事美甲師工作的第一天，他已要將做教練的光環拿下來。以前是要學生聽他講，現在他要多聆聽客人的說話。他說自己一早已有心理準備要放下教練的身分，學習怎樣才能好好聆聽客人的要求、做到客人的要求。他時常提醒自己不要將教練的心態、語氣帶出來，同事也有提醒他，加上自己時常檢討，已漸漸學會聆聽的技巧。

和客人相處，得到客人的信任是很重要的，只要你做到客人的要求，迎合其心意，客人就會放鬆心情任由你發揮，所以他會盡力取得客人的信任。怎樣取得客人的信任呢？他認為技術熟練是很重要的，這騙不了人，技術到位，客人就會感到滿意。另外也要了解客人美甲的需要，有些客人是為了要出席某些場合、參加某些活動而專誠去做美甲，那就要問問她會穿怎樣的衣着、戴怎樣的飾物，再作合適配襯，自己也要掌握時尚潮流，才能滿足客人的要求。

如能做出滿意的作品，會給他很大的成功感；和客人交流也令他心情愉快，而且他是基督徒，他會在做美甲的過程中傳福音。他可以跟客人分享自己的見證，分享在教會中的開心事，與及自己怎樣用宗教面對和解決困難。他會說出自己生命的改變——如果他不是信了基督教，可能現在的生活糜爛，沒有目標。在理財和處理情感問題上，信神後他有了很大改變，現在他有美好的家庭，有一子一女，覺得很滿足。

這裏有很多客人都是因為他傳福音而返教會的，這公司的老闆和所有員工也是基督徒，員工之間關係很好，有共同信仰，遇上困難會一起祈禱，在風浪中尋求神的幫助。他說同事的代禱對他很有幫助，向同事傾訴，將自己的不滿和憂慮說出來，可令他得到解脫。

疫情之下，美甲行業也有生意減少的情況，但是在這裏有穩定的場地、有很好的同事，至於有多少客人、多少收入，就要看自己的工夫，靠自己的努力了。長遠來說，這工作也比做教練穩定，上下班時間也較固定，讓他有了多點時間和子女相處，改善親子關係。

第七章　彈結他的毒梟

看着手上的指甲，芯宜感到莫名的興奮。她從來沒有留長指甲，也沒有塗指甲油的習慣，她的指甲總是剪得短短的。可是，這一次她在少良的慫恿下，第一次嘗試了美甲。指甲上有星星和月亮的圖案，可愛極了。第一次嘗試了美甲，她才明白這也是一種心理治療。在美甲師的細心和專業的照料下，感受到被呵護、被尊重，被人如此用心、專心地關顧，也是一種很好的心理治療。

當然，偉南沒有接受美甲服務，但是芯宜其實很想和他分享這種恍如心理治療的體驗。她約了下一個參賽者阿鴻，這位參賽者的經歷很值得和偉南分享，所以她約定了時間之後，馬上打電話給偉南。

可是，她打了一次又一次的電話，從昨天晚上打到今天早上，從今天早上打到中午，再打到下午，現在是晚上了，電話那邊仍沒有人接聽，這是為什麼呢？自從認識偉南之後，這情況從未出現過，他總是很快便接電話的，這次他卻一天一夜也沒有接電話！

情急之下，她打電話到「王的書房」找偉南的舅父——書店老闆，問過明白。電話那頭的他說：

「我也找不到他，發生了什麼事呢？前兩天他說過要去警署報到，之後就一直找不到他了，會不會……」

芯宜也擔心起來，她找了一些網上的報道來看，被捕的人要定期到警署報到，但是有些人會不知道因為什麼原因，在報到時會被取消保釋，立即還押。偉南是遇到這樣的事嗎？

芯宜焦急如熱鍋上的螞蟻，但可以怎樣做呢？電話又找不到他，難道要到警署找他？他們會告訴她真相嗎？

芯宜一直等到晚上的七時、八時、九時、十時，快要十一時了！她的肚子發出咕咕的聲響。看着籠中的豹紋守宮，她對牠說：

「你的主人怎麼了？我可去哪裏找他？」

豹紋守宮定睛的看着她，芯宜看着他左側的眼睛，實在猜不到牠的心情和牠的回答，只是看到了牠張開了口，伸出舌頭，牠應該是餓了。

芯宜想起中午時，匆匆在金魚街買了一袋蟋蟀回來給豹紋守宮當食物，那時心神恍惚的她，匆忙放下幾張鈔票，老闆給了她一大袋蟋蟀，她就茫茫然的抱了回家。

自己憂心忡忡吃不下，總不能讓豹紋守宮也不吃吧？她拿着剪刀把盛着蟋蟀的袋子剪開，但是因為做了美甲，讓手指動起來不大方便，她用盡力去扳剪刀，才剪開了袋子，但是一不小心把袋口剪開得很大。

很多蟋蟀從袋口跳出來，嚇着了芯宜，她的手一鬆，袋子就掉到地上，然後，上百隻蟋蟀從袋口跳出來，吱吱吱唧唧唧的聲音響遍全屋。蟋蟀跳到客廳裏，跳到廚房，跳到芯宜的房間，跳到浴室，幸好姑母早已去睡，她的房門關上了，如果房門是開着的就糟了！

上百隻蟋蟀在屋子裏亂跳亂叫，有幾隻更跳到芯宜身上，她大叫起來，慌忙找個地方躲藏，但是書櫃、櫥櫃也躲不進去，她拉起放在沙發上的風衣把上身蓋着，但是腳上有兩隻蟋蟀在爬來爬去、跳來跳去！

怎麼辦？怎麼辦？欲哭無淚的芯宜蹲在一角全身打顫，她從衣袋中摸出手機，打出絕望中的最後一個電話。

由昨晚打到現在，電話也沒人接聽，現在會奇蹟地有人接聽嗎？

「舅父說你找我？」電話那頭的偉南說。

「我找了你一天一夜，你現在才接電話！」芯宜不禁歇斯底里地嚷起來。

「我去了露營，不，是野營。」

「去了野營一天一夜？你什麼人也沒有告知，就失蹤了一天一夜？」

「你為什麼這麼大反應？你有要緊的事要找我嗎？」

「有！有！有！你聽到聲音嗎？我的家裏、我的身上、腳上滿是蟋蟀！」

「怎會這樣的？我現在在『王的書房』門前，我馬上趕來好嗎？」

「快點！快點！在我成為蟋蟀的宵夜之前！」

九分鐘之後，跑得氣喘吁吁的偉南按門鈴。救星來了！芯宜跑去開門。

「我該把門開大一點，讓牠們都跳出去嗎？」芯宜問。

「不要！蟋蟀也是要錢買的！他們跳了出去，就會跑到鄰居的家中，對他們造成騷擾，而且不見得牠們都會跳出去！」

「那怎麼辦？」

偉南關上門，跑進屋裏，他叫芯宜拿一個垃圾袋給他，然後在大廳中把一隻又一隻的蟋蟀捉回放到袋子裏。可是蟋蟀實在太多了，十多二十分鐘後，袋子裏也只有十多隻蟋蟀。

「到底有多少蟋蟀跑出來了？你買了多少？」

「我不知道！」

「這裏目測最少有近百隻啊！」

「那怎麼辦？」

「我繼續捉吧！你躲到那邊去！」

看着偉南在努力，在勞累，又過了大半小時，垃圾袋裏應該有數十隻蟋蟀了，可是屋子裏仍然是滿了唧唧唧唧的聲音。

「看來你在這晚不會捉得完，難道我們這晚不用睡覺嗎？」

「對，我可能這個晚上捉不完，明天要花上一整天才清理得掉牠們。」

「可是我很累了，你應該更累吧？你先回去吧，明天再算。」

「但是你怎麼辦呢？牠們跳到你身上，你一定睡不着吧？」

「那也沒有辦法。」

「沒有辦法？我有辦法的！」

偉南在自己的大背囊裏拿出一個營帳，快速地架起來。

「你快跑進去，我馬上拉上拉鍊，讓蟋蟀進不去，你暫且在營帳裏睡一晚。」

偉南把芯宜推進營帳裏，正想把拉鍊拉上，芯宜抓着他的手說：「你也進來吧！蟋蟀叫聲這麼吵，我一定睡不着，你進來，我們聊天，一個晚上很容易過去，讓我也感受一下你去野營的樂趣吧！」

偉南聽了，也趕緊跑進營帳裏，拉上拉鍊，兩人就坐在營帳裏聊天。

營帳外是大廳暈黃的燈光，有點像月兒的暈黃。

「你昨晚在野外的營帳裏也是一樣的感受嗎？」

「當然不會一樣。」

「你到了哪裏野營？」

「南丫島。」

「為什麼一個人跑到那麼遠去野營？」

「就是想感受一下一個人。」

「為什麼要感受一個人？」

「也許我很快就會有這樣的經歷，我不是要坐牢了嗎？」

「坐牢也不會一個人！」

「會的。」他拿出手機讓芯宜看。

「你看，這是我在網上找到的監獄常用字彙，『大棚倉』是很多囚犯住的監倉，『單人倉』是一個人住的監倉，『孖房』是兩個犯人的監倉，還有一種稱為『水記』，又叫『水飯房』或者『豬肉房』，那是特別囚禁室，用來單獨囚禁囚犯用的。這裏寫的註解是：若你做了違規的事，職員會按監獄規例將你單獨囚禁，同時亦可加監。那是最可怕的刑罰！」

「那是怎樣可怕呢？」芯宜問。

「我看過一篇程翔先生的訪問，他當時監禁在一個密不透風的房間裏，房間的窗戶被厚厚的擋光窗簾封閉着，令白天如同黑夜。他說：人在自由時從不會感到能夠看到自然光的可貴，但被囚禁時，他才發現在白天看到光，原來是一種非常珍貴的恩賜。

「被囚禁在密不透光的環境中，分不清日與夜，讓他的身體起了變化。首先是失眠，接着是晨昏顛倒，繼而是嚴重的便秘。身體出現這些變化後，加上沉重的精神壓力，令他的心臟出現了心律不整的問題。失眠會導致抑鬱，抑鬱會導致自殺，加上過去種種問題，令他瀕臨崩潰。他會在夜裏起來坐在地上，又會突然大聲吼叫，更甚的是讓他開始注意電掣、橫樑、玻璃器皿等可以用來自殺的物件。他這樣形容：一個好端端的人在短短一個月內便被摧殘到這種處境，可見精神折磨的殘酷。一個人活着除了需要水、陽光和空氣以外，社交生活也是非常重要的。因為人天生是社會動物，被剝奪了社交與得到社會信息的機會，這個人的完整性就會大打折扣。

「程翔被單獨囚禁時，不但不可以和外界的任何人接觸，連看管他的人也嚴禁和他聊天。因為長時間被禁止與人接觸，喪失了社交的機會，這對人來說是一種嚴重的精神虐待，亦令他的行為有點扭曲。當時看管他的人之中，有一個稍微肯和他談上一兩句話的，這就成了他唯一對外的社交、唯一的關懷、唯一的溫暖，因此當某一日這位看守員告訴他自己要調走時，他情不自禁地下跪，感謝他在這些日子以來帶給他的一點點溫情。

「在飽受精神與肉體的摧殘下，他已到達瀕臨崩潰的邊緣，甚至想過自殺。在這生死關頭，令他懸崖勒馬的是一段《聖經》的文字：我雖然行過死蔭的幽谷，也不怕遭害，因為你與我同在，你的杖、你的竿都安慰我。當時他感到內心震動，行過死蔭的幽谷的文字。不正是他的寫照嗎？這時他的眼眶不禁濕潤了，淚水如泉湧般流下。這一行熱淚徹底改變了他，他這熱淚意味着自從被捕以來深藏心內的鬱結終於解開了，這熱淚也意味着他的感恩，因為神的話語讓他在絕望中得到盼望和安慰。」

「之後怎樣？他沒有自殺吧？他之後被釋放了嗎？」芯宜追問。

「後來他又讀到《聖經》中的章節：如今常存的，有信，有望，有愛，這三樣，其中最大的是愛。信、望、愛這三字令他感到豁然開朗，幫助他克服厄運，繼續前進，亦讓他幫助了一個意圖自殺的囚友，打消自殺的念頭。

「在程翔被囚禁的分區之中，有一名和他在同一車間勞動的囚犯有自殺的意圖，他因為有這意圖而被認定是危險犯，因而被看守的人隔離，不讓其他人接近。程翔根據自己的經歷，知道意圖自殺的人最需要的，是別人的關懷和幫助，被隔離只會令他的情緒更低落。於是程翔每天早上到工廠工作時，都會刻意繞到他面前，握一下他的手，對他說要有信心、盼望、愛心。每天他都這樣做，如此過了一個月後的某天，那囚友竟笑着對他說：『謝謝你每天都握一下我的手，每天聽你說那三個字——信、望、愛，我在不知不覺間感覺好多了，請你放心！』

「不知道為什麼，我在白天看了這篇文章，晚上一個人在山上、一個人在營帳裏也不再感到那麼孤單及害怕了！」

「對啊，同路人的經驗應該很有幫助吧？你現在的感覺也會和昨天晚上差不多嗎？」

「怎會一樣？昨天在南丫島的山上，今天此刻是在太子的唐樓裏；昨天是一個人在營帳裏，現在是兩個人。現在我覺得我心裏有一個營帳。營帳裏也住了兩個人！」

「兩個人？」

「從前心裏只有我自己一個，現在有兩個人！」

芯宜哽咽起來，不知道怎麼回應，沉默良久，才說：

「豹紋守宮一定會等你回來，多久也會等！」

「你一直叫牠豹紋守宮，你沒有為他改名嗎？」

「有的。」

「牠叫什麼？」

「牠的名字是『承諾』。」

此刻，營帳外暈黃的燈光彷彿是最溫柔的月色。

※　※　※

偉南花了一天將芯宜家裏的蟋蟀都捉起來了，然後第二天，芯宜為他約了一個「非一般才藝比賽」的參賽者見面，他叫阿鴻，芯宜覺得他的經驗對偉南一定很有用處。

青少年中心的義工把偉南和芯宜帶進中心裏面，拿着結他的阿鴻正在練歌。

「我們還在練歌，你們坐在一旁先聽一聽吧！聽一聽這個曾經是大毒梟的人唱出他心中最真誠的悔改！」阿鴻說。

現年三十多歲的阿鴻，自小學五年級時已開始吸毒，因為毒品的影響，二十多歲時的他，體質已如一個五十多歲的「阿叔」，肝、腎、腸、胃等多個內臟出現問題，每十多分鐘就要上一次廁所。

※ ※ ※

當他經營販毒勾當，殺氣衝天地帶領手下和別人爭地盤，衝鋒陷陣、殺聲震天之際，表面驃悍無匹的他，卻同時受着大小便失禁的困擾。那種不足為外人道的苦痛與煎熬，曾令他想割喉自殺結束生命。然而，到了今天，他已成功戒毒遠離毒品，今天，他還說：「我一生也不會忘記戒毒過程中的慘痛，其中的艱辛、煎熬是外人絕對不能想像的！」

阿鴻在屯門屋邨長大，據他形容，當時那地方簡直是個「九反之地」。在他讀的小學門外，上課下課時常可看到「道友」躺在地上口吐白沫，耳濡目染之下，他在讀五年級時已嘗試第一口毒品。

阿鴻形容自己性格十分好勝，什麼事也要做到最盡，令自己表現最「勁」。其他吸毒者一安士的毒品可以分幾天吃，他卻每天吸食一安士；其他吸毒者每天喝一瓶咳水，他卻可以一天喝十二瓶！他自言那時是抱着「人無我有，人有我多」的好勝心態行事，好勝心態催迫他一步步走上不歸路。

因為毒品愈吸愈多，上中學後，他索性直接向供應者拿毒品，甚至成為「艇仔」，開始販毒生涯。就算因販毒被捕入獄，他也不思改過，不肯認輸的他反而立誓：「他們今天拉我，令我坐監，出去之後我要賣得更多（毒品）！」

當時好勇鬥狠又肯拼搏的阿鴻，在毒海中很快「上位」，扶搖直上至「莊家」、「K頭」的位置，更在的士高「睇場」、「放數」，無所不為。一次被捕入獄之後，他更立志出獄後只做毒品，抱着豁出去的心態去專門發展毒品「事業」。他自己直接上大陸找「廠家」談判取貨，他笑言當時可說已成為中國毒品分銷的「大中華華南區總代理」。

在二〇一四、二〇一五年那段最風光的日子，阿鴻每天安坐家中，也有四、五十萬元的收入。當時他每天拿的名牌袋中，盡是一綑一綑的鈔票。瘋狂的時候，他曾在夜總會中因為和另一行家「鬥威」，叫「媽媽生」拿出一個鐵盆，就把四十萬元鈔票放到盆裏燒掉。

少年得志的他目空一切，一朝得志卻是心靈空虛，雖然拿很多錢回家，父母卻罵他有了錢，人更變得「不知所謂」，叫他不如死掉更好。在手下面前的他，表面風光，背後卻是一身病痛，內心更苦，回首從前，阿鴻感喟道：「回看自己生命的前三十年，真是十分可悲！」

阿鴻不是沒有想過要戒毒，但當時身在江湖的他周圍有太多「圍牆」，令他被困在死胡同裏，找不到出口。他曾經住進青山醫院精神科戒毒，又嘗試用中、西藥戒毒，甚至被捕入獄一段日子，也未能成功戒毒，畢竟「心癮」太厲害，毒品在他三十多年的人生中一直佔着首位，要遠離它幾乎是沒可能的。其後他獲轉介至信義會天朗中心，抱着不妨一試的心態接受以信仰戒毒。

幾乎什麼戒毒方法都試過的阿鴻，說當時是抱着「貪新鮮」的心態去嘗試以信仰戒毒。戒毒初期，他的脾氣暴躁，可說是「生人勿近」。那時有些社工被他罵到哭；社工打電話給他，勸他繼續戒毒，他甚至會大罵：「不要再打來，再打來就斬你！」

初期阿鴻仍是邊戒毒邊吸毒的，但漸漸地他對自己這種行為有內疚感。從前他吸毒可說是由早到晚不停的，及後他嘗試暫停一兩小時。接受信仰戒毒會被安排參加小組活動，對於活動中要求組員反思一些問題，起初阿鴻會覺得無聊沉悶，有點抗拒，但在社工鍥而不捨的努力下，他漸漸開竅，開始思考以下問題：

「人生數十年來，我不斷兜兜轉轉，找不到出口，那是為什麼？」

「我究竟為什麼依賴毒品不能自拔？」

「人生中有什麼比家人更重要？為什麼我竟選擇毒品而不選擇家人？」

雖然開始了自我反省，但當時阿鴻還是有許多灰心喪志想放棄的時候，又一次痛不欲生時，一位女社工忠告：「不如嘗試祈禱，把困難、重擔交給上帝吧！」

阿鴻笑言那一刻聽了，真想打那社工一頓，因為覺得她說這話是在戲弄自己。自己多年來兜兜轉轉，極度艱辛也戒不了毒，難道只是祈禱就可以令問題迎刃而解？他覺得社工的話是可笑的。

現在回首，他形容社工那句話，該是自己人生中聽過最美的聲音，如同聽到一位慈祥的父親對離家的浪子說：「兒子，你回到我身邊，向我訴說困難、傷痛吧！」

這之後，在一次吸毒中，阿鴻聽到上帝的聲音，上帝對他說：「我要叫你感動，叫你內疚，叫你反省！」阿鴻當時聽了全身冒汗，驚惶不已。

過後有人質疑這是吸毒後的幻覺，但阿鴻說：「對於一個曾經吸毒二、三十年，嘗過所有毒品，經歷過所有毒品引起的幻覺的人來說，難道會分辨不出那是幻覺，還是『聖靈感動』嗎？」

自此，阿鴻在吸食毒品時，常覺不安、內疚，他笑言從前吸毒時因為能滿足「心癮」，也會短暫感到「喜樂、平安」，但至此只感到無窮的內疚與空虛。有一晚，阿鴻嘗試不開燈，在漆黑中向上帝說話，他說：

「有人說祢是無所不能的，我就要和祢對抗一下！」

在毒癮發作不能自拔時，他又會對神說：「現在我好唔舒服、好惡頂！如果你真的想我戒毒，為什麼不立即制止我，令我停止不吸？」

因為不懂怎樣跟神溝通，阿鴻笑言初期的祈禱，其實是在「兇」上帝。在之後的一段日子，他的父親染了重病，母親的精神病又復發，在極度困擾，無計可施之下，他向社工請教怎樣祈禱。回家之後，他第一次嘗試祈禱，說：「上帝呀！我感到好困擾。現在爸媽的情況這樣壞，你先不要救我，先救我的父母吧！你肯救他們，我就立志戒毒！」

在阿鴻祈禱後的數天，有教友介紹醫生給爸爸，令其病得到醫治；他的媽媽亦獲轉介至青山醫院，病情受到控制。看到自己在困境之中，瞬間尋到出路，阿鴻不禁對上帝說：「上帝祢真係『堅』，我甘心戒毒！」

自此阿鴻開始有計劃地不再受毒品所控，起初是控制自己在起牀後，最需要毒品時自制，之後堅持在一小時、兩小時甚至半天內不接觸毒品，最後，他已變得愈來愈不想吸毒了。他說：「之前腦袋被毒品塞住了，現在開了竅，不再受它控制！」

自此阿鴻不再吸毒，成功戒毒的他更想回報社會，以他自己的戒毒經歷警惕青少年及鼓勵同路人。他更和志同道合的人成立福音樂隊，將自己的經歷寫入歌曲中，勉勵同路人游出毒海，重新做人。

阿鴻說：「既然上帝寬恕了我，我亦寬恕自己，我要放下過去，放下自己，用自己的經歷去幫助別人。以前我販毒讓毒品為害不少年輕人，我現在要為他們作見證！」

在那段最風光的時期，阿鴻「日入」四、五十萬，每天帶一綑綑鈔票外出，現在他

「全職」為神作見證，到處把遠離毒品的信息帶給年輕人，又以過來人的身分勉勵更新人士，卻沒為他帶來半點收入。現在囊空如洗、憑信心過活的阿鴻，連出外工作的交通、膳食費用也由社工資助，他卻無怨無悔，他說：「我要為上帝做我應做的事，我相信祂是不會讓我餓死的！」

※　※　※

阿鴻說完自己的故事，就把偉南和芯宜帶到另一位樂團成員跟前，說：「這位是我們樂隊的主音志傑，他的故事，你們也可以聽聽。」

十四、五歲那時，志傑已是上環、西環區的童黨小頭目，到處「收陀地」、「蝦蝦霸霸」。之後，為求迅速「上位」，他在「大佬」和警察談判時襲警，又奮不顧身捨身救「大佬」，於是，如願以償憑「勇猛」上位。隨後，他更從事製造、出售假信用卡的勾當，每日在娛樂場所用假卡消費十萬八萬元，也面不改容。十七歲那年，他還用非法勾當得來的錢，和友人合資開了一間卡拉OK夜店，風頭一時無兩。

故事的發展當然是上得山多終遇虎，就在十七歲那年，志傑因製造、出售假卡罪被捕。當時，才十七歲的他已結婚，妻子懷有身孕，他為了女兒將出生而棄保潛逃。待女兒六、七個月大時，他決定去自首，之後被判入獄六個月，那時他才剛滿十八歲。

志傑清楚記得當出獄回家時，發現妻子已經帶着女兒離開了，家中一片凌亂，像一個廢墟。輾轉找到了妻子的母親，才由妻子安排朋友帶女兒出來，交還他撫養。當再見到女兒，不禁令他心頭酸楚——為什麼女兒變成像一個小乞丐的模樣？

出獄後，他曾想做回正行生意，早年他曾學過裝修，於是決定從事裝修工作。開始時亦頗為順境，但不久後因一樁大工程被人「走數」，他為了還錢、出糧給工人，竟再度鋌而走險，幹起爆竊的非法行徑來。

在往後的年月中，他因為爆竊罪多次進出監獄，但他仍未肯悔改，直至他二〇一五年最後一次判監，才有了一百八十度改變。

以前多次被判監，父母也很少來探望他，但二〇一五年被判監那次，父母卻常常來探望他。他母親本是佛教徒，但某次從電台節目中，認識到幫助更新人士的「牧愛會」，竟受感動跑到「牧愛會」找牧師，請求牧師到監獄探望兒子、幫助兒子。

「牧愛會」的牧師開始到監獄探望志傑，還帶他上宗教班。當時，一間教會的教友常到獄中帶領「監獄啟發班」，講解耶穌的救恩。志傑看到這些人風雨不改地來監獄，甚至連黃色暴雨之下也來，於是受到感動，開始主動看《聖經》及祈禱。

在獄中被困、失望、受苦難的心情，他常常在《聖經》中看到相同的景況，深深得到安慰。在一次看完福音刊物《中信》之後，他受到感動在獄中自行祈禱決志，成為基督徒。

「監獄的飯堂裏有很多張大餐桌，每張也代表不同勢力，不能胡亂走近，但這中間，竟有一張桌子寫着是屬於教會的，任何人也可以坐近去用餐，就是這張特別的餐桌救了我！」志傑說。

第八章　海灘與生存意義

「阿鴻和志傑告訴了你那麼多坐牢時候的事情，應該有點幫助吧？」芯宜問忙於整理蟋蟀的偉南。

「也許可以作為一些心理準備吧！畢竟他們是過來人。」偉南說。

偉南小心翼翼地將蟋蟀從那大垃圾袋中，轉到A4大小的密實袋中，每個膠袋只放進五、六隻蟋蟀，分好了，便對芯宜說：

「這樣每一袋是守宮每天的食量，你每天拆一袋，就不用拆開大袋子，不怕蟋蟀跑出來了，就算跑出來，也只是幾隻。」

「麻煩你了，分得這麼好，這麼仔細。」

「我一會兒還要看看守宮籠子裏的暖管，我為你多裝一支後備的暖管，這樣，就算一支壞了，也有後備，不怕令牠生病。還有，這裏有幾本關於養守宮的書，牠的生活習性、生病的病徵和常患的疾病，你看了就知道牠是否健康，以及牠需要怎樣的照料。」他續說。

「你為什麼絮絮叨叨的說個不停？這不像你啊！」

「準備好這些，我不在的時候，你也不會手足無措。記住以後不要買一大袋蟋蟀回來，買小袋的便好。」

「這守宮是我和你一起養的，有你在便不怕。」

「但是我會不在的，也許我出來的時候，守宮已經三、四歲了。」

「怎麼說到牠是你的兒子似的？」

「你和我的兒子？」

「別亂說！」

「守宮的壽命不知有多長呢？牠能否等我出來也成疑問。我看看這本書裏有沒有說守宮的壽命有多長……」

「唉，你別總說這些話吧！」

「要說的，在開庭前要準備好一切、交代好一切，處理好守宮的事，還要處理好書店的事、『非一般才藝大賽』的事，還有媽媽……」

「不是說船到橋頭自然直嗎？各人都會好好照顧自己的，你別擔心那麼多吧！」

「有準備總是好的，之前被黑暗籠罩，總是不停擔心，現在總算能將擔心化為行動，能夠努力做一點點改變，心裏就會安樂一些。」

「這樣說也許是好的吧！不跟你說了，我要和姑母到天台開會。」

「到天台開會？開什麼會？」

「是這幢唐樓的業主立案法團開會，以前都是姑母去開的，我搬來這裏只住了很短日子，這是我第一次去開會。」

「這幢唐樓只有五層共十伙，也需要業主立案法團嗎？」

「當然要，鄰居之間守望相助，把這幢舊唐樓打理好，大家也會住得舒服一些吧！」

「好吧，你們去吧，我在這裏裝暖管好了！」

芯宜和姑母到了天台，她還帶了一張摺枱和幾張摺凳上去，也帶了一些飲品和零食和大家分享。幾分鐘後，二樓、三樓、四樓的住客也來了。這幢唐樓共有五層，每層有兩伙，共有十戶住客，可是有一些要上班沒有來，來的只有每層一戶住客。

三樓的住客 Isa 家裏養了一隻鸚鵡，她把鸚鵡也帶來了，那是灰色的鸚鵡，牠站在 Isa 的肩膊上，腿上有一條小小鏈子繫着。

「我沒有膽量將牠放在肩膊上而不繫鏈子，我看到一些人會把鸚鵡放在肩膊上、頭上，沒有繫上鏈子，也不怕鸚鵡飛走。但是我很害怕，我有一回打開籠子之後，牠跑了出來，在屋裏飛來飛去。我驚覺有一個窗沒關好，多害怕牠會飛出去，不知道怎麼找回牠了。一隻鳥在外面怎麼辦？牠沒有覓食能力的啊，所以就算讓牠有點不舒服，也要在牠的小腳上繫上一條小鏈子！」

「開會了，開會了！」灰色小鸚鵡竟然在嚷。

四樓的住客 Apple 帶來了一隻大黃貓，她就是大黃貓主人，就是那一次令芯宜被關在鐵閘外的「罪魁禍貓」！那一次芯宜沒問清楚貓主人是住在哪一間屋，現在知道了，大黃貓和貓主人就住在四樓。

「放心吧，這大肥貓不會追小鳥，不會嚇怕小鳥的。牠是一隻很懶的貓，也懶得去動，懶得去捉老鼠、追小鳥，牠整天只是吃！」貓主人 Apple 說。

然後，二樓的住客也來了，那是有着一頭曲髮、近四十歲的男子，後面跟着一隻小柴犬。柴犬來了，看見了貓，便不停吠叫。貓也害怕得躲起來，鸚鵡更是被嚇着了，不停大叫：「救命！救命！救命！」

柴犬、大黃貓、灰色鸚鵡吵作一團，汪汪、貓貓、救命吵個不了，在五樓的偉南聽到嘈吵聲，也跑到天台來看過究竟。

只聽到柴犬主人大叫一聲：Stop！再叫一聲：Sit！柴犬就乖乖的坐下來，不再吵嚷。大黃貓的主人緊緊的抱住牠，貓也不再叫了；灰色鸚鵡也沒再叫救命，只是模仿柴犬主人在叫 Stop！Sit！Sit！

「對不起！牠本來很乖的，只是沒見過新朋友大黃貓和灰色鸚鵡，一時興奮罷了！」柴犬主人說。

「這真像一個寵物大集會！我們該把豹紋守宮也帶上來嗎？」芯宜問偉南。

「你真想把牠帶上來嗎？」偉南反問。

住客都坐好了，芯宜為他們遞上飲品、小食。

「有給狗狗吃的嗎？」

「有給貓貓吃的嗎？」

「有給鸚鵡吃的嗎？」

寵物主人紛紛在問。

「沒有啊！」芯宜說。

「杜太太這次有把杜先生的作品帶來和給我們分享嗎？」Isa 問。

「沒有，這陣子沒有他的作品再版，我一會打電話去問問出版社，看看有沒有再版的書，有的話，就拿來送給你們。」姑母說。

原來之前每逢有丈夫的舊作再版，她也會拿書送給鄰居。

「我們言歸正傳吧！今次有什麼要商討的？」Isa 問。

「有啊，第一樣要商討的，是要弄清楚我們之中，哪一家有養蟋蟀，你們知道嗎？前幾天有幾隻蟋蟀跳進我的屋子來，嚇着了大黃貓。」Apple 說。

「對啊，我的屋子裏也有蟋蟀跳進來，讓柴犬整天汪汪叫！」柴犬主人說。

「我的鸚鵡也有看到蟋蟀，嚇得不斷跳跳跳，不知道哪家鄰居養蟋蟀呢？為什麼讓牠們都跑出來了？」Isa 說。

芯宜正不知如何回答，這時，偉南從樓下把豹紋守宮帶來了。

「這是我家新養的豹紋守宮，」芯宜說，「大家看到的蟋蟀不是我養的，牠們是豹紋守宮的糧食，我買了一大袋回來，不慎把袋口剪得太開，讓牠們都跳出來了，影響到大家，不好意思！」

「原來是這樣，這也沒什麼的，蟋蟀吱吱叫也很有趣。我把那五隻蟋蟀捉起來了，放在瓶子裏，一會可以還給你。」柴犬主人說。

「好的，那麼這個問題解決了，我們應該不用擔心再有蟋蟀跑進家裏來了吧！」Isa說。

「不會了，我已經把屋子裏的蟋蟀全部捉回去，而且分開放在小袋子裏，每次餵飼豹紋守宮的時候，打開一袋就可以，不會再讓蟋蟀跑到你們家裏去的了。」偉南解釋。

「這一位是？」Apple問。

「是芯宜你的男朋友？」柴犬主人問。

「不不不，他是豹紋守宮的另一個主人。」芯宜連忙解釋。

「另一個主人？是離婚之後共同撫養孩子之類嗎？他是前夫？」Apple問。

「不不不，這故事說來話長……」芯宜說。

「說來話長也說來聽聽吧！反正我們這次業主大會又沒有其他議題，只是找藉口見見面聚聚吧！」柴犬主人說。

「不知道偉南會否介意向大家說這故事？」芯宜看向偉南。

偉南說：「我可以先問大家一個問題嗎？為什麼大家會選擇住在唐樓？太子區這麼多高樓大廈，為什麼要選擇住在唐樓呢？」

「不就是因為窮嗎？唐樓的價錢比洋樓便宜很多啊！」柴犬主人說。

「怎會呢？這區的唐樓價錢也不便宜，而且這幢唐樓每個單位也有近一千尺，現在的市值該上千萬了，怎會是因為窮呢？」偉南說。

「那是因為唐樓比較實用吧！比洋樓實用多了，實用面積幾乎有九成，一千呎的單位，實用面積就有九百呎！」Apple 說。

「我喜歡唐樓樓底高，感覺沒有住洋樓那麼壓抑。我以前住的洋樓樓底很矮，感覺像被困在籠子裏一樣！」Isa 說。

「洋樓每一棟也差不多，最討厭那些大型屋苑十棟八棟一模一樣的大樓，我喜歡唐樓有獨特的性格，每一棟也不同。全部一樣有什麼意思呢？」柴犬主人說。

「唐樓多只有五、六層，最高的也只有九層，鄰居只有十多二十伙，比較容易認識、容易相處、容易協調。」Isa 說。

「對，我最不喜歡那些大樓由管理公司監管、由管理員負責。你付錢給管理公司，管理公司卻在管理你，管理員也不一定盡心負責，不如自己打理的好。為什麼要付錢讓別人管理你呢？」柴犬主人說。

「同意！」Apple 和 Isa 異口同聲說。

「而且多走走樓梯做運動不好嗎？對身體也好啊！」Apple 說。

「我們的答案你滿意嗎？」柴犬主人問。

「滿意。」偉南說。

「我還有問題要問，」芯宜說，「大家平時去哪些食肆吃東西？」

大家都說出自己平時去哪裏吃午飯、晚飯，其中大家都常去的是附近的一間餐廳——基隆茶餐廳。

芯宜望着偉南點點頭，似乎是對大家認可了，於是，芯宜向大家說出了和偉南相遇相識的故事。

「原來是這樣！偉南一定面對着很多困擾吧？」Isa 說。

「萬一真的要坐牢，一定很不好受！」Apple 說。

「這方面前兩天已經有兩個朋友和我們分享，作了些心理輔導，令偉南有了些心理準備。」芯宜說。

「不用擔心出來之後找不到工作，像我這當髮型師的，就算不能和髮型屋合作，在露天的地方、在郊外、在野外也可以為別人剪髮啊！山不轉路轉，總有辦法的。」柴犬主人說。

「最重要的是走出黑暗，不要消極，總往壞處想！」Isa 說。

「我們之前參加過『黑暗中對話』，這方面，他應該可以面對的。」芯宜說。

「還有什麼困擾着你嗎？不妨說出來聽聽，年輕人不要只是坐困愁城。這幾天在我家時，一旦不是面對芯宜，你的臉色就會沉下去，眉頭就會緊皺起來。我知道你有一些事不想讓芯宜擔心吧？我卻是看到了，你瞞不過我這老人家的雙眼的。」姑母說。

「是嗎？還有其他事情困擾着你？你沒有跟我說？」芯宜問。

「有是有，但是說出來也沒有人可以幫得上忙的。」偉南低着頭說。

「說出來聽聽吧！你怎知道呢？凡事都有可能的！」Isa 說。

「對，不要小看我們，我們這裏有不少奇能異士呢！」柴犬主人說。

「是這樣的，這幾天回家，看到媽媽有點愁眉不展，她本來是一個活躍外向、喜歡做運動、喜歡行山、喜歡水上活動的人，但這陣子完全沒有外出，沒有去行山、游泳，我問她，她只說沒有什麼。昨天我在書桌抽屜裏看到她的檢驗報告，原來她被證實有甲狀腺腫瘤，雖然只是初期，但是也很令人擔心。萬一我真的被監禁，誰來照顧她呢？誰和她去覆診？陪伴她上手術室呢？我對她的虧欠已夠多了……」偉南說時一臉泫然。

「我可以問問朋友，為她介紹好醫生。」Isa 說。

「我們這裏就有四個人可以陪伴你媽媽去覆診，我們都是自由工作者，時間可容易調配呢！」柴犬主人說。

「贊成，我們做陪診是沒問題的。」Isa 說。

「都說你要說出來，要把困難告訴我們，你找對人了，我就是過來人！」Apple 說。

「過來人？」在座的五個人異口同聲問。

「我也曾經有過甲狀腺腫瘤，現在已經醫好了。我就是過來人，可以和你媽媽分享。

曾經有醫生說過如果一生人一定要患上一種癌症，那麼患上甲狀腺癌的，可能是最幸運的，因為甲狀腺癌較容易醫治。我可以將我的經驗和你媽媽分享，不用害怕的！」Apple說。

「原來是這樣，那一定要請你幫忙！」偉南說。

「那麼我要請大家這星期日一起來參加我的清理海濱垃圾大行動吧！」Apple說。

「清理海濱垃圾大行動？是怎樣的？」眾人問。

「大家星期日都有空嗎？我為大家介紹一下這個有意義的活動吧！」Apple說。

※　※　※

Apple從前住在市區，吃喝玩樂齊備，她自言從前是個購物狂，喜歡買衫，到現在衣櫃裏仍有逾一百件全新未穿過又別具型格的時裝，因為教英文而名聞遐邇，賺錢能力高的她，花費亦大，一天換幾次時裝盛裝外出，樂此不疲。

但自從遷居西貢之後，她的生活模式漸漸改變。喜愛潛水、行山、「綑邊」（沿着海邊岩岸行走）的她，遷居西貢這山明水秀之地。多親近大自然之後，她變得不愛花錢，而且早睡早起，每晚十時入睡，五時早起。

她說也許因為自己有潔癖，在西貢游水、潛水時，發覺海邊滿佈垃圾，於是自二〇一六年起，自發清潔海灘及海面的垃圾。Apple 盡心盡力清潔海洋垃圾，她說這是服事大海，非服事人。她由沙灘、石灘開始清理，而由於有潛水牌擅長潛水，亦開始清潔海中的「鬼網」（被棄置的魚網）。此後，她划獨木舟去清理「鬼網」及海洋垃圾逾三年，有許多人追隨她的熱心而加入，而今她和「戰友」們已出動數百次，將海洋垃圾清理得八八九九。如今，她看到清潔的海灘、海域會感到驕傲，當有人感歎於海濱的美麗時，她會說：「從前不是這樣的，從前這裏滿佈垃圾，甚至不能在此游泳、曬太陽……」

三年來 Apple 見盡的海洋垃圾無奇不有：發泡膠、膠袋、沙發、電視、雪櫃、衞生巾、死狗……而最多的是「鬼網」。

「鬼網」就是漁業的棄置魚網，對魚類及其他海洋生物造成很大的危害。至於垃圾的來源，Apple 說大多是人為的，是有些人刻意掉進海中。以馬鞍山為例，從前整個海面都是魚網，她笑說好像一件藝術品——一個「網的舞台」。同一個位置，這次二十多人去清理，雪櫃、電視機、六十多個棄網……清理完之後，下次來又見有，好像永遠也清理不完。

她常目睹人在海上棄置廢物，甚至有人會叫她把垃圾拿走，不然就拋到海中。她說有一次在馬屎洲執垃圾，拾到二十多袋垃圾之後，一個肌肉男狂扯也扯不動，她卻能獨力承擔。而由於垃圾什麼都有，海灘上又多蠔殼，受傷是常有的事。

由於看到 Apple 淨灘的成果，且受到她的熱誠感召，參與淨灘的人愈來愈多。但她對參與的人也有要求，她會問想參加的人平時有沒有做運動，懂不懂游泳、潛水、划艇，因為淨灘活動少一點體力、體能差一點也不足以應付。

就如被 Apple 形容為 BB 級的西貢海下，三十三人參加，收集了三十三包垃圾，對愛運動的人而言已是一個挑戰。又如某次活動有十七人，拾回十七包垃圾，起初由一個有六塊腹肌的肌肉男和女朋友划雙人艇運幾包垃圾回來，但划不到一半已划不動，要 Apple 為他們分擔一半運回來。Apple 說自己一個人「爆」（運載）十包垃圾是常有的事。淨灘辛苦，還容易受傷，她致力確保參加者不會受傷，但常因太關注別人而忘記了自己，她曾被蠔殼傷了腳，幾乎要入醫院縫針。

除了淨灘，Apple 還會帶領參加者去救海洋生物，如馬蹄蟹、龍蝦等。通過淨灘，參加者眼見海洋飽受污染、海洋生物大受其害，很多都會學懂對大自然環境多了愛護的心，參加一、兩次活動之後，回去已不會再用膠叉、紙碟、紙杯。

雖然 Apple 十分硬朗，但早前遇上過健康問題，造成了不少困難。前兩年，某次帶領淨灘活動，一個參與者問她：「為什麼你的頸那麼腫？」之後還介紹醫生給她，及後看醫生發現有甲狀腺腫瘤。腫瘤令她吞口水也十分辛苦，更會呼吸困難，醫生告訴她嚴重的情況會窒息、要插喉。之後，有另一個淨灘的戰友介紹了一個醫術了得的中醫給她，經過一段時間細心調理，現在病情已有好轉。

同路人——淨灘戰友的支持對 Apple 而言十分重要，她說籌備活動、管理參加者比淨灘的體力勞動更辛苦，加上時常要接受媒體採訪，實在令她心力交瘁。幸好有戰友幫助，為她分擔工作，所以 Apple 開心地說，因為有人分擔，最近這次淨灘活動，她終於可以穿上比堅尼去游泳了。

談到淨灘的得着，Apple 說從中找到生存的意義，她說做人可以只顧吃喝玩樂，但是也可以選擇追尋人生意義、肩擔起使命。她會告訴淨灘活動的參加者，參與淨灘是無償活動，還要自己出錢買配備，但當清理完垃圾，回望清潔的海灘，就會知道自己做的沒有白費，看到回復美麗的海灘就是最好的回報。

身為基督徒的她，說每次出發淨灘也會祈禱天父幫助，保障大家平安，她是用事奉的心去策劃淨灘，希望自己可以保持無私奉獻的心，凝聚更多同路人的力量，為守護海洋作出努力。

第九章　我們都是參賽者

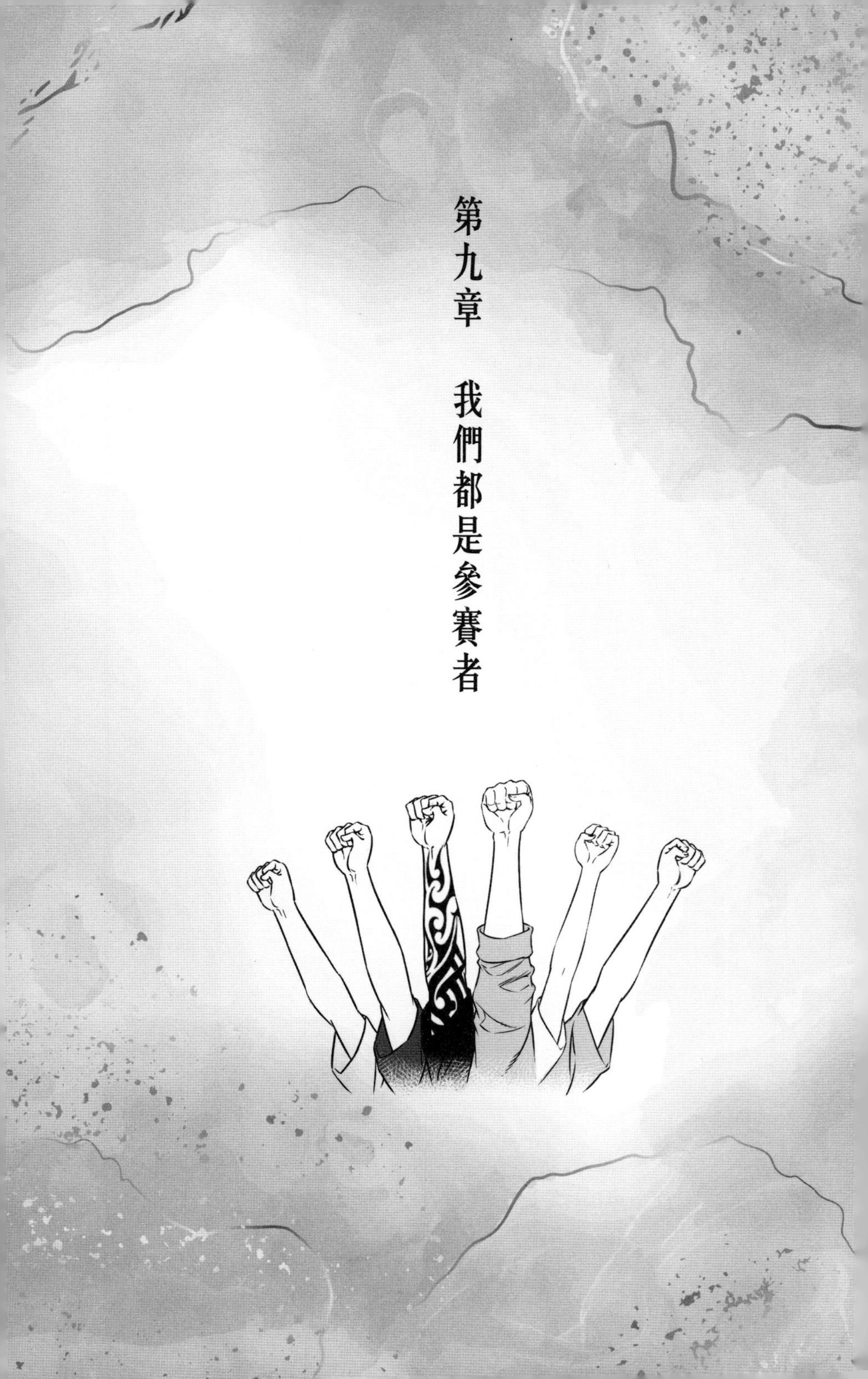

「今天會有多少個參賽者來？」書店老闆問芯宜。

「我們從報名的人中挑選了二十個比較適合的，再約來這裏給你篩選，但是因為現在不能太多人聚集，所以這一次只有六個。」芯宜回答。

「是你和偉南一起挑選的？為什麼他還沒有來？」

「他要陪媽媽去覆診。」

「是嗎？讓他趁這些時間多點陪媽媽也是好的，姐姐近來也辛苦了！就我們兩個去跟參賽者談吧！只有六個人也不要緊，人數少一些也好，我們可以詳談，多些了解，是哪六個呢？」

「你該也看過他們的資料了，一位視障人士、一位犯過事的更新人士、養了很多寵物的社工、工作轉型的美甲師、中學中文科老師，最後一個是新加入的，是我的鄰居Apple，她看了我們的比賽宣傳單張，說很有興趣參加，我看報名日期還未截止，該可以讓她加入吧？」

「沒問題，這六個我也覺得相當特別，稍後我們傾談後，你可以看看先選擇哪一個，用他的故事畫漫畫，放上網作宣傳，吸引多些人關注這比賽。」

「我一向都是用別人編寫的故事畫插畫，自己很少構思有故事性的漫畫。但是這陣子常常聽別人說故事，對於把他們的故事畫成漫畫很有興趣，甚至弄得好像一天不聽故事也很不自在似的。老闆，趁他們還未來到，你也可說說你的故事嗎？你以前真的是導演？為什麼會開一間二手書店呢？」

「也許我不夠出名，你沒有聽過我的名字，但你有聽過《再起舞》這齣電影吧？」

「有聽過，而且看過，但是很抱歉沒有留意導演的名字，原來那是你的作品！」

「就是啦，大概是方家良這名字不像導演的名字吧？我畢業於香港中文大學藝術系，大學期間曾到美國的大學作交換生，在那裏可以盡情使用該校的攝影器材、剪接設備及修讀、旁聽大部分電影課堂。那時我拍了短片《河》，寄回香港給大學同學參加短片拍攝比賽，竟然獲獎了，自此展開了導演生涯。我拍的幾部短片都在香港獨立短片及錄像比賽中獲獎，也曾為多齣香港電影攝製製作特輯，之後在專上書院任教媒體創作課程，亦在大學當客席講師教授電影學科。」

「那麼你的發展也很不錯啊！」

「嗯。我在二〇一〇年完成跳舞電影《再起舞》，這部片獲邀於香港國際電影節作世界首映，並在香港正式上映，創下了低成本獨立電影票房收入過千萬的票房紀錄。」

「我一直很好奇這部電影的靈感從何而來，可以告訴我嗎？」

「《再起舞》的靈感源自一班愛跳國際標準舞的年輕人，他們由於得不到舞蹈總會支持，令他們失去了正規的排練房，只好遷到公園的空地練舞，慢慢引來了學生和其他舞者，成為城中有名的『舞林勝地』。我被這班年青舞者這種為所愛奮不顧身、不理別人目光的精神吸引，決定拍一部以跳舞為題材的電影。《再起舞》上映後，一些觀眾看了之後在網上宣傳，分享預告片、分享主題歌，電影因此被視為本土青春片的代表。」

「可是為什麼現在不再拍電影，改為經營書店呢？」

「現在疫情令百業凋零，電影人也很難捱下去吧？我總算追逐過自己的理想，可是熱愛電影的年輕人追尋夢想，夢碎的個案比以前多了很多，那是因為多數年輕人不再被迫做自己不想做的事，追夢的人多了，失敗的個案也自然多了。

「其實從前追尋電影夢比現在的年輕人難得多，那時要又偷又借各種器材去拍攝；現在網上各種途徑很方便，年輕人拍片可以很便宜，可以靠自己，做 YouTuber；青少年機構亦提供了不少機會。現在年輕人可以掌握的多了，可以『自己電影自己拍』。但社會上對成功的定義太單一，許多人認為讀不成書就沒前途，令年輕人感到無奈。其實如果社會上可提供不同的路向予年輕人選擇，政府亦給予多點發展空間，又或如有電影發展基金這些推動作用，這些年輕人的電影夢便可以發芽、茁壯成長。」

「常聽人說香港電影已經死了……」

老闆感慨說：「如果電影只是純商業的話，那麼香港電影已經死了；如果只談『性價比』的話，亦沒有任何原因令人再拍香港電影。現在港產片雖然今非昔比，但仍可以有點聲勢，那就是電影人不求回報，勇敢追夢的成果。」

「然後，你又怎樣開始經營二手書店的？」

「那說來更話長，你看看這篇雜誌訪問吧！在參賽者未來之前，應可花不到十分鐘看完的。」老闆遞上一本雜誌給芯宜。

※　※　※

二手書店「王的書房」是愛書人的尋寶地，店內書籍擺放不算整齊，但看得出也曾經用心分類。老闆方家良本是一名電影導演，因為近兩年開戲的機會少了，在大學覓得教席也不容易，尋找教席近一年都鎩羽而回，令他下定決心創業，以二手書店殺出一條血路，成就都市傳奇。

他的二手書店位於深水埗荔枝角道的地鋪，他說之前這裏是茶餐廳，曾經丟空一年，他透過地產代理租的。回想他的第一間鋪是在荃灣的南豐中心，只有六百呎面積，書放到通道也堆滿了，要走過也困難。他二〇一七年在深水埗荔枝角道租了一間一千八百呎的地鋪，翌年，再在同一條街租了一間二千二百呎的兩層地鋪。

談到每個月的開支，兩間鋪合共租金近十萬，還有員工薪金、雜費等等，每月的支出大約要十五萬。他在深水埗區三年間連開兩間鋪，要負擔這麼大的費用，現在喜歡看書的人如鳳毛麟角，有人甚至形容出版、書店已是式微行業，真的有這麼多顧客？真的可以不虧本嗎？

他說他的客源主要是附近的街坊，有些每個星期都來，有些每天都來，以尋寶的心態去尋書。他每天都要到三、四個客人的家裏回收舊書，收來的書他會拍照放上Facebook，這樣客人看見就會來尋書。他說最重要的是書量和書種夠多，每天也有書收回來，這樣才可以滿足愛書人、收藏家、尋寶者，令他們常來，使他們成為書店的常客、熟客，這也是他在短時間內擴張至兩間舖的主因。

來買書的多數是上了年紀的愛書人，年青的讀者反而很少，也有一些是在網上拍賣舊書的商人，多是國內的，他們會花半天時間在他的兩間書店中穿梭尋寶，然後拿到網上拍賣。

問他回收舊書時有沒有遇上奇人、怪事？有沒有在舊書堆中找到錢？尋到寶？他以「講故佬」的語氣娓娓道來。

話說二手書回收業近來有一個傳奇故事，是關於一個超級收藏家的。那是一個十分富有的人，生平花了超過一千萬元去買書，藏書要用兩間獨立屋，共四、五千呎的地方去收藏。但是，傳說富翁患了絕症，只剩下一、兩年命，他的工人就將他藏書中潮濕的、殘破的清理掉，她找來一個廢紙回收商去回收。回收商總共運走了三、四十車書籍，後來富翁發現，立即叫停，剩下的數百箱書就交給新亞書店拿去拍賣。

三次拍賣，拍賣所得大概有五百萬元，而那些被廢紙鋪收走了的又怎樣呢？廢紙回收的老闆倒也十分識貨，他將書賣給二手書店，賺了數十萬元！方家良知道這事之後，立刻跑到回收商那裏收書，但只收到一箱，看到箱上有富翁的地址，就立刻寫信給他。第一封信沒回音，第二封信也打了回頭，這令他為之扼腕，因為對這麼有價值的藏書竟失之交臂。他說的時候，臉上的表情還是帶點深深不忿的。

說到他自己，由於自己家裏有近五千本藏書，自己愛書也常常去舊書店尋寶，所以知道二手書店怎樣營運。下定決心創業後，就在荃灣的商業中心租了第一間鋪。

他說自開業以來，一直都沒試過虧本，每一次擴張都是因為收來的書太多沒地方放，所以再租一間鋪。但是他說兩間書店已經是極限了，再多一間就沒有人手去管理。有沒有想到和別人合作呢？因他收來的書沒有倉存紀錄，賣出的時候，有時也會隨意給熟客減價，如果和別人合作，單是這些數也很難計算，而且容易有爭拗。

現在，他在深水埗開的第一間鋪交給他的母親打理，他苦笑說那間鋪的收入都是媽媽拿了，但是她有幫他交租的。新的一間舖則是請員工來打理的，那員工有做書店的經驗，所以十分放心交給他打理。

一直令人很好奇——地舖的租金這麼貴，兩間舖真是能經營不虧本嗎？問他最大的生意對手是什麼人，他提過有一些網店、一些二手書買賣apps商人，他們不用租舖、沒有很大成本，那麼他們是他的主要競爭對手嗎？他說不是！他的主要競爭對手反而是社福界！

例如小童羣益會、宣明會每年也會辦幾次二手書義賣，他們收到的多是贈書，可以較便宜賣出去。而喜歡尋寶的客人在這些二手書義賣活動中買很多書，他們每年用來買書的錢，差不多都花在這些二手書義賣上。客人每年看書有限，而消費花在這些舊書義賣活動中，就沒錢再幫襯他了！所以他皺着眉說這些社福機構成了他生意上的最大對手呢！

那麼會不會收錯書令自己虧本呢？他說他主要賣的是文史哲、社科類的書，這些書買回來，很快就能賣出去，這些書他一定會收。至於小說等消閒書就很難賣，所以他多數不會收。那麼一些出版社賣不出去的書他會收嗎？他笑說連出版社自己也賣不出去，他收來也一定賣不出，所以很少和出版社合作。

訪問時，看見有些拾荒的人，把在拾廢紙時發現的一些書，譬如整套武俠小說，拿來賣給他。看到他翻來翻去，有些書已經發潮、發黃，有些書頁也掉下，但是他仍然肯收下，而且以不算便宜的價錢買了。我問他這些書會虧本嗎？他說只要收回成本就好了，拾荒的人生活不容易，所以不會和他們太計較，多數會收的。

問到開書店算是他的理想嗎？如今書店可以經營下去，是否已達到了理想？他說自己對書的貢獻是可以救回很多書，令這些書不致成為廢紙。有些愛書人窮一生心力去收書、藏書，但離世後家人「不識貨」，把那些書當廢紙丟掉。他去回收就令這些書不致成為廢紙，而且可以轉到另一個愛書人手上。

令他感到光榮的是開了兩間書店，讓愛書人得到尋寶的樂趣，尋到好書拿回去看，更是一種精神上的慰藉。問他收到什麼書最開心？愛書的他說這天收了一套《西方軍事史》，這些歷史書一定賣得出。雖然愛書的他現在每天朝九晚十一都要去收書，根本沒時間消費、沒時間看書，但是收到自己喜歡的書，又將它轉到愛書的人手上，就是他的一大樂事！

※　※　※

第一個來到「王的書房」閣樓開會的參賽者，是視障人士，「黑暗中對話」的工作人員卓航，之後來的是家中養了豹紋守宮、睫角守宮、龜、螳螂、獨角仙、跳蛛、一隻狗和三隻貓的社工林家聰，再後是偉南母校的中國語文及中國歷史科教師殷梨亭、美甲師潘少良和曾經是毒販的更新人士阿鴻，最後來的，是守護香港海域免受污染、芯宜的鄰居Apple。

「好了，人齊了，我先來介紹一下我們這個『非一般才藝大賽』的緣起吧！話說我的一個老朋友賣掉了香港的幾個物業移民英國，她看到香港的報章報道，很擔心香港的年輕人，於是想辦一些勵志節目鼓勵他們。她想找一些經歷過挫折、困難，或經歷過不平凡的事的人來參加才藝比賽，希望帶起激勵及振奮人心的作用。我們從報名的人中挑選了二十個比較適合的，邀約來這裏見面，但是因為不能太多人聚集，所以這一次只有六個，就是在座的各位了。好了，接下來，就請芯宜講解一下比賽規則、評判標準和勝出的獎項吧！」

芯宜很快講解完畢，在座的六個人都點頭表示明白。當老闆想再說什麼時，他的手機響了起來。

「對不起，我先接聽一個電話，這個電話很重要！」老闆說。

於是，他站到一旁接聽電話，但因為他的嗓門頗大，反應也很大，所以不遠處的七個人都聽到他講電話的內容。

「什麼？你不能再處理偉南的案子？我明白你受到的壓力也很大，但不能這時候放棄！距離開庭還有這麼短的時間，我們去哪裏找另一個律師？我也知道現在對我們有利的證據不多，我們可以再去努力發掘的！我也知道勝算不高，但不能就此放棄吧！不能就這樣讓一個年輕人去坐牢吧？你行行好，不能這時候放棄！什麼？連你自己也有官司在身，有可能要坐牢？那怎麼辦呢？你告訴我怎麼辦吧！」

老闆幾乎咆哮起來，但對方已掛了線，氣急敗壞的他瞬間變得垂頭喪氣了。

「是關於偉南的事嗎？」芯宜問。

「那是偉南的代表律師嗎？怎麼了呢？」Apple 問。

「大家都聽到了我的話，我說得太大聲了吧？」老闆說。

「說來聽聽吧，看看有什麼我們幫得上忙的。」Apple 說。

「在座幾位也認識偉南，說出來該沒問題吧？而且他真的是無辜的。」芯宜說。

「說來聽聽吧！我們該會有幫得上忙的。」阿鴻說。

老闆將偉南的案件的前因後果簡單的說了出來，眾人聽了，歎息連連。

「我認識的一位律師也是失明人士，我去找她，她該可以接手的，她對這種官司很有經驗。」卓航說。

「近來社工界也有很多這種相近的經驗，我可以請幾位社工前輩幫忙提供意見。」家聰說。

「我也認識一些牧師和宗教界人士，他們可以為偉南撰寫求情信。我最近被提名傑出青年選舉，作為評判的牧師我也認識了很久，我也可以請他寫求情信，應該有幫助的。」阿鴻說。

「如果需要其他人支援，我們可以在網絡上將這消息發出去。我們這裏有八個人，每人向五十個人發出訊息，這五十個人又再每人分享給五十個人，消息很快會傳開的，說不定有人可以提供解決方法！」殷Sir說。

「我雖然不知道可以幫什麼忙，但我一定會為偉南祈禱。我們要有信念，只要是清白的、是無辜的，一定可以脫罪的，我們不能放棄。」少良說。

「我們回去就馬上將信息發出去，我們一定盡力而為的！」Apple說。

會議結束的時候，「王的書房」的老闆對大家說：「其實今天還有一件關於『非一般才藝大賽』的事情，那位投資舉辦這比賽的朋友昨天乘飛機回香港，她說如果飛機沒有誤點晚到，她可以來跟大家見見面，她剛才打電話給我，已經到這裏門口了，大家可以多留一會兒見見她嗎？」

「當然好！」「我們也想見見她！」「我們不忙，還有時間。」「和她見面當然好啦！」大家紛紛說。

老闆到樓下把一對中年夫婦接上來，老闆向大家介紹說：「我的老同學是一位女士，旁邊的是他的丈夫。資助舉辦這個比賽的就是這位女士Jenny。Jenny，你跟大家講一講你辦這個比賽的初心吧！」

Jenny和大家逐一打招呼之後，便說：「其實我也看過大家的資料，大家的人生經歷真的是非一般，我很期待看到大家的才藝演出，這應該是一個很有意義的比賽，對觀眾也應有很大鼓舞的作用。很感謝我這個老同學幫我籌辦比賽，其實他應該已將我辦這個比賽的意義跟大家說了，我就不再重複一遍。我很感謝大家支持，在這裏我也要感謝我的丈夫，沒有他的支持、鼓勵，我也不會有動力去辦這個比賽，他還肯和我一起回香港參與這事，我很感謝他。」

大家聽了Jenny的話，都大力鼓掌。

「對，我也要介紹Jenny的丈夫，其實這幢唐樓就是他的，他租給我開這間『王的書房』，我當然也要感謝他用這麼低廉的租金租給我。」老闆說。

「匡時，你就跟大家說說話吧！」Jenny 對站在身旁的丈夫說。

「大家好！我是 Jenny 的丈夫，這次回來，除了支持太太辦這個比賽，也有其他事情辦。我是這幢唐樓的業主，但其實買下這幢唐樓的不是我，而是我的父親。家父在五、六十年代香港經濟起飛之時，努力謀生，他和他的哥哥辛勤工作把儲下來的錢，買了一幢唐樓的最高層。伯父買的是另一棟唐樓的五樓，爸爸買的是這幢唐樓的七樓。因為賺錢不容易，他們這些一窮二白的小子，辛苦工作幾年也只夠錢買這些唐樓的頂樓。家父有營商的天分，克勤克儉積攢了創業的本錢，就去創立自己的事業，然後將賺來的錢把這幢唐樓的單位逐個逐個買下來，直至整幢唐樓都在他的名下。

「伯父喜歡文藝，喜歡寫作，他的時間都放在筆耕之上，所以他沒有積攢什麼錢，甘於淡薄、生活儉樸的他，一直住在唐五樓。但他創作了很多讀者鍾愛的文學作品，我認為他是十分成功，十分值得尊敬的。所以我這次回來，也為了再聯絡伯娘。伯父早年過身之後，我和伯娘失去了聯絡，這次回來，也是為了要見見她。

「至於這幢唐樓，爸爸起初買了下來是用作收租，後來生意做大了，這裏收的租金多少已對他沒有什麼影響。他收購了整幢唐樓，只是想保留發跡的舊居和紀念自己創業的不容易、積攢金錢的不容易。他過世之後，把這幢唐樓留給我。我在外國也有自己的事業，有其他物業，反正也不靠這幢唐樓的租金生活，所以當知道 Jenny 的朋友想開一間二手書店的時候，就把這裏的地下租給他。經營書店是好的，我還希望這幢唐樓可以成為一個創意的空間、藝文的空間，例如出版社、二手書店、新書書店，租金多少也沒問題。或者有一些文藝青年有住屋困難的，也可以住在這裏，他們還可以把這裏當作工作室，或展覽場地，這就是最好運用這幢唐樓的方法了。在座各位想到這幢唐樓有什麼用處也可以告訴我。」

「可以要來做出版社嗎？我有一位鄰居是開出版社的，辦公室的租金很貴，而且在火炭區，上班的交通要花點時間，如在這裏開出版社，上班就方便得多了！」Apple 想起 Isa 常說辦公室的租金不便宜。

「當然歡迎，可以和我聯絡的。」Jenny 的丈夫說。

「可以讓我們來練歌嗎？也可以作小小的演出空間，我們會盡量不吵着鄰居的。」阿鴻說。

「這也是很好的用處，我贊成。」Jenny 說。

「如果還有地方，可以收留被遺棄的小貓、小狗，或者其他寵物嗎？」家聰說。

「這也可以考慮。」Jenny 的丈夫說。

「可以設立一個藝文空間舉辦作家講座、讀書會等就最好了！這對我的學生來說是一個福音！」殷 Sir 說。

「二樓可以做傳福音用的美甲空間，讓我們邊為客人美甲邊傳福音，還可以請朋友來做心理輔導。」少良說。

「這些真是好提議！」Jenny 說。

「大家儘管提出構思吧！這幢唐樓除了『王的書房』，其他單位有空置的都可租，我最希望幫助年輕人創業，發揮創意！」Jenny的丈夫說。

「這就好了，偉南將來也可以在這裏創業，芯宜，你說是嗎？」老闆對站在身邊的芯宜說。

此刻，芯宜卻是若有所思，她問Jenny：「我想問問，剛才聽你說你的先生的名字是匡時，他是姓杜嗎？」

第十章　兩個只能活一個

芯宜回到家中，把遇到杜匡時的事告訴姑母，但姑母問：「那是誰？」

姑母又忘記了，她忘記了姑丈的侄兒，芯宜擔心有朝一日姑母連自己的侄兒也給忘記了。

「對了，你有看見我的陀錶嗎？我找遍了整間屋也找不到。」

「你把他送了給匡時，不，是你以為是匡時的偉南。」

「偉南又是誰？」

「這不用理會吧！不用擔心，他會把陀錶拿回來還給你的。」

「這隻陀錶，是在你姑丈五十歲生日時，我買來送給他的。他高興得不得了，整天珍而重之的放在上衣的口袋裏。下班回家，他把陀錶拿出來，輕輕地放在桌上，每次也放在同一個地方，生怕會遺失。從前你姑丈總是準時下班回來，我給他煮飯，吃完每次也是他洗碗。有一次洗碗時打破了一隻碗，只見他拿出一大疊報紙，把瓦碗的碎片包了一層又一層，一共是六、七層報紙。他說不要弄傷收垃圾的人才好。他就是一個這麼為別人設想的人。他走了之後，我打開他的書桌抽屜，看見有一包一包紙包。有一包是用水費單包裹了那一期的水費，有紙幣、有硬幣，那是準確的水費的費用。還有一張電費單包着那一期的電費，也是有紙幣、有硬幣，同樣是準確的電費費用。還有煤氣費單、電話費單，也是這樣包好的。」

「那時不可以在網上交，都是親身去交電費、水費、煤氣費、電話費吧？」芯宜問。

「平時這些雜費都是他負責交的，到他病情轉為嚴重之後，也許是因為他擔心我應付不來，所以將這些費用逐包包好。他想到自己走了之後，我會不懂得交費、會忘記交費，擔心我被截水、截電，他就是這麼一個細心的人！

「他走的那天，我要外出購物，平時是我們兩個一起去的，那天他着我自己一個人去。回來的時候，就看到他坐在椅子上沒氣息了，長期困擾他的心臟病帶走了他。他那天應該是感到很不舒服，把我差出去了，就是不想我看到他這情況驚慌失措。他就是這麼一個為他人設想的人！

「每天他下班回來，吃完飯，就會和我聊天，談談他的工作，談談他最近寫作的構思。我就坐在旁邊聽他說，心裏面是甜絲絲的，覺得很幸福。他每天五時下班，回到家時大概六時多了。七時吃飯，待他洗完碗就是八時吧，那也是我每天最期待、最甜蜜、最幸福的時光。如果可以再回到那時，如果時間可以停留在那時就好了！就算只是一次，可以回到那個時候，也是好的！只是一次，就算是我人生的最後一次，就算之後我也要離開這世界，那也足夠無憾了！那也是最幸福的了！如果時間可以停留在那時……

※　※　※

跟隨 Apple 把一袋又一袋海洋垃圾搬到石灘之後，偉南和媽媽都筋疲力盡，他們也覺得今天很盡興。Apple 着今天參與淨灘的人在石灘上休息一下，還有個多小時，送他們來的船才會來接回他們。

偉南和媽媽走到石灘的另一端，兩個人就坐在石灘上聊天。

他們坐在岩石上，看着海邊奔騰的海浪，看着濺起的浪花。

「媽媽你記得這隻陀錶嗎？」偉南從衣袋掏出陀錶給媽媽看。

「這陀錶嗎？怎會不記得？這是你爸爸的陀錶。」

「不是，這是我朋友姑母的陀錶。」

「是嗎？怎會一模一樣？」

「就是很奇怪，這不是隨處可以買到的陀錶，但是我們和朋友的姑母竟然有一隻一模一樣的。」

「也不奇怪吧？你爸爸是在家附近的錶行買到的，也許當時這種陀錶很普遍吧！」

「我上網找過，沒有人有同樣的陀錶。我也問過一些鐘錶修理師傅，他們說這種陀錶並不普遍。」

「為什麼說起這陀錶呢？爸爸的陀錶不是壞了嗎？」

「我想將他的陀錶和朋友姑母的陀錶一併拿去找人修理，這不是很有紀念價值的陀錶嗎？」

「是很有紀念價值，但修不修理也不要緊了。」

「怎會不要緊？這是爸爸的陀錶，把它修理好，讓它繼續運行，起碼聽到陀錶運行的嘀嗒聲……」

「陀錶的嘀嗒聲有什麼重要？又不是人的心跳聲！傻孩子。」

「爸爸是什麼時候買這陀錶的？」

「那是一個農曆新年，你爸爸每年新年也有新的願望、新的目標。他買這個陀錶就表示要有新的開始、有新的目標。」

「那為什麼是買一隻陀錶，不是手錶呢？」

「他本來是想買一隻手錶的，他還想買一隻名牌子的金錶，價值不菲。我反對他花這麼多錢買這種虛榮的東西，當時隨便想出一些理由跟他說。我當時跟他說：『買一隻這麼昂貴的名牌手錶幹什麼？時間從來不掌握在我們手上。小學時讀基督教學校，老師常教我們唱一首歌：《我知誰掌管明天》，昨天、今天、明天、一天的二十四小時，其實都不掌管在我們手上。』你爸則說：『時間為什麼不掌管在我們手上呢？』我回應他：『你聽過這個《聖經》的故事嗎？小學的聖經課老師給我們講過這個故事。

「有一個財主田產豐盛，自己心裏思想說：『我的出產沒有地方收藏，怎麼辦呢？』又說：『我要這麼辦：要把我的倉房拆了，另蓋更大的，在那裏好收藏我一切的糧食和財物，然後要對我的靈魂說：靈魂哪，你有許多財物積存，可做多年的費用，只管安安逸逸地吃喝快樂吧！』神卻對他說：『無知的人哪，今夜必要你的靈魂，你所預備的要歸誰呢？』凡為自己積財，在神面前卻不富足的，也是這樣。

「老師說明天發生什麼事，我們不知道，我們也不可令自己的生命多加一刻、一分、一秒，那麼怎可以說時間在我們的手上呢？」

「爸爸不會同意吧？他不會認為時間不掌管在自己手上吧？」

「對。你爸爸是一個很相信自己的人，他年青時幹勁衝天，覺得什麼也掌握在自己手上、做什麼也要快。他過馬路也要快，不等待交通燈轉綠，就會衝前去。他也很喜歡數數字，梳頭梳多少下、刮鬍子刮多少下、刷牙刷多少下，他規定自己做多少下，要快點做完做其他事。但是雖然他做得很快，卻根本做不好。刷牙刷不乾淨、鬍子刮不乾淨，頭梳好了仍很亂……他就是那麼心急的人。他開粥店之前，向一個師傅學習了煲粥的技術，客人也很欣賞。但是，連煲粥他也要快，想怎麼可以快點煲好一煲粥，要將米磨成粉或者加入什麼，讓粥可以煲得快一點、綿一點。他又想豉油王炒麵怎麼可以預先炒好，炒好一些到時放進鍋中快速炒熱，就可以很快送到客人桌上。他說快人一步就可以賺多些錢、服務多些客人。他還滿肚密圈，想快點開第二間、第三間粥店。他有很多計劃，想着怎樣怎樣……什麼時候展開，以為時間都掌握在自己的手裏……」

「可是，後來他為什麼沒買那一隻名牌手錶呢？」

「他應該不是因為聽了我講的《聖經》故事吧？也許後來他也覺得那隻手錶很貴，不如將那些錢儲下來，可以快點開分店吧！後來他經過家附近的一間鐘錶店，看到這隻陀錶，很興奮地把它買回家，對我說：『你看這隻陀錶多特別、多好看！陀錶中間的標誌是一支箭，我會把這支箭射進箭靶，這代表我的目標！還有你說時間不在我們手上，現在我買了這陀錶，每天把它放在胸前、放在我的西裝衣袋裏、在我的心上。時間在我的心裏，更加證明是我操縱了時間！』時間真的在他的心裏嗎？他真的可以掌握時間、掌握生命、掌握一切嗎？不到半年，因為他沒看清楚交通燈，一輛貨車正朝他開來，他心急去取貨，衝了向前……貨車衝過來，生命就在那一刻間消失。之後，我在他染滿血跡的西裝內袋中，找到了這隻陀錶。陀錶已被撞壞了，停了在那一刻。我可以做任何事令他的生命增加一刻嗎？他一定捨不得我們，但他可以使自己的生命多加一刻嗎？」

看着前面的波濤捲起了、退下了，偉南也對生命的不可測、不可掌握感喟。

「就像我這個病，也是不可知的，但在初期發現已是很幸運了！我也沒有什麼憂慮，人生嘛，就是一個旅程。你知道我喜歡戶外運動，喜歡游泳、喜歡行山，就是享受自由自在，不受拘束。還有旅途上的高山低谷，我們不是都要經過嗎？難道全是平坦的路、一樣的風景，會對我們有什麼吸引嗎？你知道我最不喜歡跟團去旅遊，要看到什麼都是自己知道的，根據固定的行程，每天什麼時候起來、吃飯、回酒店休息，全部都有規律，好像有很好的安排。但是這樣有樂趣嗎？我不覺得。人生有很多未知。就是因為有這種未知，我們如何面對，如何掙扎、如何努力改變自己可以改變的，人生才精彩。我現在可能是走人生的下坡路，可能是走進人生的低谷，可是，那個山谷我也沒去過，我也充滿好奇，我有信心怎樣去面對，失敗了也不緊要，生老病死不就是人所必經的嗎？我沒有經歷這些也不算是完整的人生。何況人的生命就是有兩端，由出生到死亡，你爸爸就在另一端等我，將來有朝一日，我也在那邊等你，這就是人生，有什麼可怕？有什麼可擔心的呢？」

「可是病起來是很辛苦的，也需要有人照顧，我不在，誰照顧你？」

「醫生說不用化療，疾病還在初期，其實醫療也是很簡單。何況媽媽有很多朋友呀，他們可以陪伴我，你不用擔心。樂觀一些、積極一些，病也容易醫治。我仍然會去游泳，仍然會去行山，仍然會去旅行，這就是人生。我們誰也不知道明天會不會生病、遇上意外，或者心臟病、腦中風一下子就把人的生命奪去，有什麼是我們可以緊緊掌握的呢？」說的時候，她張開了兩手，「你看，我們手上有什麼？」

她又走向前面石灘的邊緣，用雙手掬起一些海水，海水從手指罅隙中溜走。

「你看，我們手上其實掌握不住什麼！」

她又在石灘上抓了一把沙土，沙子也從她的手指罅隙中溜走。

「兩手空空的來，不是兩手空空的走嗎？沒有什麼可以帶來，也沒有什麼可以帶走，那有什麼好擔心呢？為什麼要害怕失去呢？我們來的時候是自己一個，走的時候也是自己一個，可是我相信在另一邊有我愛的人在等待我，不是說我聽過那首詩歌《我知誰掌管明天》嗎？最近跟朋友上教會，再聽到這一首歌。明天不在我們手上，而是在造物主的手上，在神的手上，我相信在另一邊再沒有身體的纏累，再沒有疾病，再聽不到討厭的聲音、看不到不想看到的，在那裏只有詩歌、讚美和愛。」

「你真的相信這些嗎？」

「孩子，人生要有盼望，既然我們可以改變的有限，有些事情是我們不能改變的，我們就用好奇和喜樂的心去迎接吧！不要憂愁，哭哭啼啼的，要仍然有喜樂，仍然有信心和盼望，我們才有戰勝的可能。」

「我有一個朋友，整天擔心自己生病，每年做全身檢查後，在等待報告時都在擔心自己有乳癌、肺癌、子宮癌……擔心得要死，待報告出來說沒事，然後十一個月後再去檢查，又再擔心一次、害怕一次。胃脹打嗝擔心有胃癌，長了顆痣擔心有皮膚癌、身體有瘀青擔心有淋巴癌，鼻塞、耳鳴擔心有鼻咽癌、頭痛擔心有腦癌……擔心時上網查資料或看到名人因這些病逝世，就更害怕得徹夜難眠！到拿到報告說這些病徵沒大問題，她又擔心有心臟病、腦中風……如是者全年不斷在檢查，照X光、超聲波，然後等檢查報告，不斷循環，睡不安穩、吃不甘味。這樣的人生怎樣過呢？在我看來真是生不如死！

「最近，她又去看醫生，醫生是一位基督徒，看到她這麼害怕，竟然拿出一本《聖經》，着她看《希伯來書》2章14至15節：兒女既同有血肉之體，他也照樣親自成了血肉之體，特要藉着死敗壞那掌死權的，就是魔鬼，並要釋放那些一生因怕死而為奴僕的人。那位醫生說魔鬼就是用疾病、死亡、害怕與憂慮作為繩索捆綁我們，以此操控我們、勞役我們，唯有藉着信心和盼望向神求告，神會把那捆綁解開，令我們的心靈重得自由。因為生死之權不掌握在我們手裏，不掌握在魔鬼手裏，只掌握在神手裏，那掌權的唯有祂！」

偉南聽了媽媽的話在沉思，媽媽續說：

「所以我也一直叫自己不要擔心你的案件，也從來沒有限制你的自由，叫你不要做什麼。因為生命是你自己的，你有你的前路，有你想做的事。只要存最好的初心，初心是為別人着想、是善良的，就不用後悔。前面有什麼就勇敢去迎接吧！憂憂愁愁的去面對不是很辛苦嗎？前面遇到什麼也是我們的生命的歷程，走進高山低谷，或是滿腳泥濘，或是要陷進污泥之中，掙扎努力站起來就是了！」

「媽媽，你說的我也許不能做到，我也常常想爸爸剛離世的時候，你是怎麼熬過來的？」

「怎樣去認屍、怎樣去為他辦喪事，都記不起了。總之要自己不停的做事，不讓自己沉浸在哀傷中，不讓自己躲起來。他走了之後，他的家人、朋友也叫我繼續將粥店經營下去，說那是延續他的事業，也可以讓我們兩母子維生。但我沒有這樣想，我也有自己的人生，我可以找到工作，我和你仍然可以好好的生活下去。經營粥店不是我的所長，每個人的生命怎麼走、前路怎麼面對，都是自己的事，要勇敢走過去，昂首闊步……」

「可是，可是惡運總是一個接一個，爸爸在壯年離世，現在你又生病，我自己又這樣，黑夜過去又是另一個黑夜的來臨，我們哪來這麼多勇氣？」

「傻孩子，白天過去就是黑夜，黑夜過去再有白天，這就是生命的循環不息。難道只有白天是好的嗎？猛烈的陽光可以將我們曬死了，將所有的植物、生物都曬死了！要對自己說：來吧！晴天、雨天，甚至風風雨雨！颱風來到，我們也不躲避！一年四季、晴雨晝夜，不就是我們的人生嗎？」

「可是，你不擔心這個病嗎？即使今次是辛辛苦苦地醫好了，也經歷了很多痛苦，但也有可能會復發的……」

「當然有復發的可能，但就是我們沒有這個病，也可能有機會患上另一個病，我們怎麼控制呢？我們不能控制，但是我們可以好好吃飯、如常做運動，如跑步、行山，游泳，自己積極正面一點，疾病也會較容易醫治呢！憂憂愁愁、滿有憂慮、擔驚受怕的過日子，我們不是更容易被打敗嗎？孩子，我們不要被打敗！」

她拍一拍偉南的肩膊，將手放在他的肩膊上。兩人站起來，偉南比媽媽高，媽媽放在他肩膀上的手吊得很高。

「孩子，你長很高了。從前媽媽常常是這樣搭着你的肩膊，和你一起走，我們是母子，但也是朋友。」

「那麼現在讓我搭着你的肩膊一起走吧！」偉南將手搭在媽媽的肩膊上，就是這樣，走回等候上船的人羣中。

※　※　※

偉南和媽媽跟着 Apple 和大夥兒步出中環碼頭，竟看到芯宜在碼頭外等他。

芯宜跟偉南的媽媽打過招呼後，忙拉着偉南說：「快回去，我們要回到『王的書房』！」

「什麼事？」

「總之很重要，我們邊走邊說。」

別過媽媽，偉南和芯宜乘905過海隧道巴士回太子。

在巴士上，芯宜跟他道出因由。

「你知道『王的書房』每星期六借給『情之所鍾復修舊物服務』使用嗎？」

「我知道，那跟我有什麼關係？」

「當然有關係，你知道他們是專門幫人修復舊物的嗎？」

「知道是知道，但是他們只是修理一些家庭電器之類的吧？」

「不是，他們有修理鐘錶服務的，今天就是專門修理鐘錶的龔師傅服務的日子。你不是說一直想修好你爸爸的陀錶，留給媽媽作陪伴嗎？」

「對，那是我在入獄之前的心願，我也想修好你姑母的陀錶，但是問過很多修理鐘錶的師傅，他們也說陀錶太舊、出廠的年期太久遠，已找不到零件修復了！」

「龔師傅修理鐘錶的技術很厲害，如果他復修不了，全香港也沒有師傅修復得了。姑母和你媽媽的陀錶也在你身上嗎？」

「你姑母的陀錶在我身上，媽媽的陀錶要回家拿。也很快吧，你在太子下車先跟師傅說，我回深水埗家裏拿，之後馬上趕到『王的書房』去。」

在那大半小時的車程中，芯宜跟偉南說起「情之所鍾復修舊物服務」的緣起。

※　※　※

復修舊物的概念緣於荷蘭阿姆斯特丹的 Repair Café。一位荷蘭女記者有見於社區中有垃圾為患、浪費物資的情況，於是構思聚集一班有興趣於維修的有心人，一起學習維修技能，為社區出一分力，免費維修舊物，令其重生，令大眾反思過度消費的文化。之後，這個維修概念發展成一種運作模式，舉凡電器用品、書籍、首飾、衣服等的維修應有盡有，在全球已發展至有二百多間維修工作坊。

香港的「情之所鍾復修舊物服務」初期是由一隊外展維修隊免費上門為長者作家居維修。其後，每月到不同社區為市民提供電器及舊物維修服務。服務使用者大多是口耳相傳，或從 Facebook 及傳媒訪問中知道有這服務，舉凡電風扇、電飯煲、電水煲、抽濕機、豆漿機等也會有人拿來維修。

談到為市民維修舊物的趣事、難忘事，服務負責人——社工 Sandy 娓娓道來。其中，有婆婆用小手推車拿來一個古老風扇，請他們幫忙修理。她這一番折騰，全為了老人家身體虛弱不能承受強風，新風扇風力太強不是她那杯茶，舊風扇風力不大反而令她感到最舒適，於是拿着舊風扇不遠千里而來。

另有一位太太捧着一個舊電鍋來請他們維修，原來電鍋是她和丈夫一起買的，早前丈夫離世，睹物思人，她想把電鍋修好再用，作為對丈夫的記念與緬懷。

Sandy 說展望未來，希望這服務能夠發展成社會企業，學到有關技巧的師傅可訓練新人，服務自己的社區，傳承下去，希望將來每個社區都有復修服務，居民不用長途跋涉跨區尋求幫助。

「情之所鍾復修舊物服務」的義務復修師傅大部分來自再培訓課程水電維修班的畢業學員，活躍成員有十多人，多是退休後才開始學習與維修相關知識的。

龔師傅是退休公務員，今年七十一歲。六十歲退休之後，他在再培訓課程中學過園藝，以及修理門鎖、水電、鐘錶等課程。他笑言修理門鎖很難有實習經驗，總不能開別人家的門鎖實習吧！所以較難「上手」。修理鐘錶相對方便，可以去鴨寮街買些舊鐘錶來實習，需要的空間不大，而且修理成功有滿足感，因此他對此情有獨鍾。

龔師傅自言自小已喜歡做手作，別人在做維修工作時，他愛在旁偷師觀摩。家居油漆、換水龍頭這些他沒學也懂得，或者看 Youtube 探索也行。但是報讀課程有專業師傅教導，又有師兄弟互相觀摩，之後更可在「情之所鍾復修舊物服務」一展所長，當時令他樂此不疲。

他說修理鐘錶才是他的「老本行」，也帶給他最大滿足感。有一次，有一個婆婆帶一個古老時鐘來請他修理，說這時鐘是她已過世的丈夫留下的，很有紀念價值。龔師傅看這時鐘，就算去買另一個也只花一千幾百，但是紀念價值不可用錢來衡量。之後時鐘修理好了，看着婆婆開心的笑容，這帶給他很大滿足感。

另外有一次，一位男士拿了八隻手錶來請他修理，原來他在Facebook看到「情之所鍾復修舊物服務」的資訊後，就叫老婆仔女把壞了的手錶給他。龔師傅為他把手錶一一拍照，並告訴他這麼多手錶一時三刻修不好，要放下讓他慢慢修理。

有些人拿來的手錶沒法修了，他會如實告訴拿來的人，有了龔師傅這專業人士為鐘錶宣佈死亡（Certify Death），拿來的人彷彿抒了一口氣，可安心把它們丟棄了。

龔師傅說不丟棄舊物，除了環保之外，更有懷舊、紀念的深層意義，所以他對修理鐘錶的工作情有獨鍾，從中得到很大的滿足感及成就感。

※　※　※

龔師傅看過偉南給他的兩個陀錶之後，說：「修復是可以的，但是這款陀錶的零件該再也找不到了！」

「幫幫忙可以嗎？多少錢我也會付的！」偉南說得懇切。

「這不是錢的問題，我幫你打給鴨寮街的朋友，問問他們有沒有這些零件吧！」龔師傅打了兩個電話，之後搖搖頭說：「沒有，陀錶的年代太久遠，造它的錶廠也關門了，再也沒有這種零件……」

偉南失望地連連歎氣，說：「那真是沒辦法了嗎？」

「辦法是有的，拿其中一個陀錶的零件去修理另一個就行了。」龔師傅說。

「那麼其中一個不是修不好，不是一樣停掉不能動嗎？」偉南說。

「對，但修好一個也不錯吧？你可以選擇一下。」龔師傅說。

「不能兩個一齊修好就沒意思了！」偉南搖頭說。

「有意思的，姑母只想時間停留在每天晚上的八時，她不需要把陀錶修好，令它能走動。你把這個陀錶的零件拿來修復你媽媽的陀錶好了！」

「這樣好嗎？可以嗎？」偉南說。

芯宜把姑母和姑丈的故事告訴偉南，偉南聽罷，總算點頭了。

尾聲

一　唐樓天台的營帳

芯宜悄悄把陀錶放在姑母牀邊的牀頭櫃上，輕輕掩上門，回到大廳，跟偉南說：

「你的陀錶也給媽媽了嗎？」

「放到她的手提袋裏了，希望明天看到會給她驚喜。」

「明天她會去法庭嗎？」

「我叫她不要去的，但不知道她聽不聽話。」

「心情緊張嗎？」

「我要勇敢！總不能一直讓恐懼、憂愁、憂慮圍困着，前路縱使有困難、障礙，總要鼓足勇氣向前踏出一步！」

「這就對了！」

「今天晚上不知道有沒有月影、星光？」

「我們到天台看看就知道！」芯宜說時，望出窗外，看到窗外正下着雨。

「噢，下雨了！」芯宜有點失望，「但我們可以撐着傘看星和月亮！」

「撐了傘也會被雨水沾濕，會着涼。天氣冷，容易着涼啊！」

「但也沒辦法……」

「有辦法的，你在這裏等一會。」

十分鐘後，偉南從天台跑下來，拉着芯宜的手跑上天台。

他在天台搭起了營帳。

「我們走進營帳就不怕被雨水沾濕了！」

二人飛快轉進營帳裏。

「可是在營帳裏面看不到星星了。」芯宜說。

「今夜下雨，天色有點朦朧，該也看不到月亮、星星，但是星星、月亮在我們心裏，也在這營帳裏。」

芯宜看到營帳裏有一串星星的燈光。

「好漂亮啊！」

「我們改變不了際遇，改變不了環境，只能改變自己的內心。心裏面有平安，有喜樂，是什麼都不能奪去的。」

「你什麼時候開始這樣想的？」

「心裏彷彿有種子在不斷茁壯成長，我告訴自己要勇敢，要快樂！我不能改變什麼，但能改變自己——自己怎樣想，怎樣面對，怎樣感受，怎樣堅持。」

芯宜聽了有點感動，她的雙眼潤濕了。她不懂說什麼安慰話，只是在偉南身旁，她想默默地支持他。

兩人就這樣靜靜地坐着，聽着營帳外淅淅瀝瀝的雨聲。

雨水打在分體冷氣機的排氣機上，滴滴答答；雨水打在天台地上的水窪裏，哇啦哇啦；雨水打在營帳上，淅淅瀝瀝。

偉南想起一句詩：「小樓一夜聽春雨」。現在他們在太子唐樓天台上的營帳裏，一夜聽春雨。

可是這麼美妙的淅淅瀝瀝很快停止了。偉南走出營帳，叫了起來：「芯宜快來看！」

「什麼？」芯宜跑出來問。

「從沒有站在這唐樓的天台上看太子的建築物和燈光，還有霓虹招牌、路上的街燈，一切一切竟然是這麼漂亮！」偉南說。

「你看那邊是始創中心，還有聯合廣場。聽父母說聯合廣場從前是大大百貨公司！」芯宜也嚷起來。

「這邊有鳳城酒家，現在好像改名了。還有金都商場，再看過去是彌敦道的盡頭，有安康寧藥房、坤記粥店……」

「坤記粥店好像沒有了，」芯宜轉過身走到天台的另一邊，「你看，這裏後面是水渠道，有望覺堂、花園街，還有花墟、金魚街……」

「這是我們的香港，多美麗！」偉南嚷着。

「不，這是我們的九龍，多美麗！」芯宜嚷着。

「這是我們的旺角！」

「這是我們的太子！」

「這是我們的唐樓，一眼看過去，太子、旺角還有很多唐樓……還有我們繫念的很多香港人。吳老師從前常對我們說，我們寫記敍文，即使是由小二到中六，寫記敍文時也不要忘記時間、地點、人物、原因、經過、結果這記敍六要素。此時、此地、此刻，還有這些人，就是我們需要擁抱的。抓緊這些，笑着去面對，就可以寫好我們的原因、經過、結果。」

「姑母要抓着過去，你的爸爸只想追逐將來，但是我們要抓着的、要擁抱的是現在！擁抱現在的時地人，擁抱香港，擁抱九龍，擁抱旺角，擁抱太子，擁抱這些唐樓。」芯宜笑着說，「對了，我還想給你聽這個……」

芯宜拿出手機，按了播放鍵。手機裏響起姜濤的《蒙着嘴說愛你》：

So I say I love you，只有愛恒久不枯。
生活在劫難裏，心靈從未給沾污。
即使要蒙着我嘴，我亦可高呼，
全憑愛令我堅持，還有你悉心照顧……

二　法庭中的有罪／無罪

這天，網上新聞報道有這一段：

XXX被指於去年在其個人Facebook專頁展示帖文，並分享至其他專頁，其中有誤導他人的內容及用詞。案件今日在西九龍裁判法院審結，XXX被判囚兩個月，緩刑兩年。裁判官指本案案情不輕，需考慮即時監禁，但考慮被告過往紀錄良好及十多封求情信的內容，改判緩刑，希望被告能記取教訓，謹言慎行。

※　　※　　※

區域法院前，「王的書房」老闆、芯宜和一眾「非一般才藝大賽」的參賽者都在等候偉南，偉南從法院步出，跟他們逐一擁抱。

「王的書房」老闆說：「好了，『非一般才藝大賽』終於可以安心開展了。」

芯宜說：「通菜街唐樓天台的大食會也正等待大家去參加呢！」